Dent de lion

L'auteur

Florence Reynaud est née à Angoulême, au sein d'une famille venant de plusieurs horizons. Ses rêves d'enfant étaient peuplés de chevaux, de loups, mais aussi de longs voyages sur l'océan. Après s'être imaginée « marin », elle espère devenir un jour archéologue ou écrivain. Mère de six enfants, lectrice avide, elle choisit enfin l'écriture, qui lui permet de raconter des histoires où les animaux sont très présents. Fascinée par les loups et les dauphins, au sujet desquels circulent tant d'anecdotes aussi troublantes que véridiques, elle aime par-dessus tout évoquer le sens merveilleux des rencontres entre les animaux et les enfants, source de bonheur, d'affection sans condition.

Du même auteur, chez Pocket Jeunesse :

Dylan le dauphin (tomes 1 à 12)
Taïga

Du même auteur, dans la même collection :

Le clan des loups

Vous êtes nombreux à nous écrire
et vous aimez les livres de la série

YONA
fille de la préhistoire

Adressez votre courrier à :
Pocket Jeunesse, 12, avenue d'Italie, 75013 Paris.
Nous transmettrons vos lettres à l'auteur
qui vous répondra.

YONA
fille de la préhistoire

Florence Reynaud

Dent de lion

POCKET
jeunesse

Loi n° 49 956 du 16 juillet 1949 sur les publications destinées à la jeunesse : septembre 2005.

ISBN 2-266-14381-6

Résumé du livre précédent

Yona vivait heureuse entre son père Dako et sa mère Madem, une guérisseuse. Mais celle-ci, attaquée par un ours, s'est noyée dans une rivière en crue.

Dako confie alors Yona à la vieille Mummi, chamani du clan, qui exige d'elle obéissance et soumission.

Yona se révolte : elle désire se promener librement et cueillir des plantes médicinales, comme le faisait sa mère...

Un jour, elle rencontre un loup blessé et décide de le soigner. Le fauve devient alors son ami. Mais Mummi et le chef du clan refusent la présence de l'animal dans la grande caverne.

Le cœur brisé, Yona abandonne sa famille, son amie Noume, et quitte son clan, en compagnie du loup. Désormais, il sera son frère...

1

Le monde des ténèbres

— Il faut partir, frère loup ! Tout de suite... Le grand Murg, le chef de mon clan, se lancera sur mes traces au lever du jour. Dès qu'il apprendra par mon père que j'ai disparu...

Yona caresse le fauve assis à son côté. Il fait encore nuit, mais, à l'est, une bande de clarté blême annonce l'aube. D'un geste souple, la fillette se lève et passe son sac en peau de lièvre sur son épaule. C'est son seul trésor à présent, le sac de sa mère, Madem la guérisseuse, que la rivière a emportée à jamais. Yona est grande pour ses onze ans, mais l'épaisseur de vêtements qu'elle porte la fait paraître plus robuste qu'elle n'est en vérité. Ses cheveux bruns, touffus, sont noués sur la nuque par un lien de cuir. Ses yeux noirs sont pleins de tristesse.

Le loup qu'elle a su apprivoiser, à force de patience et de douceur, bondit sur ses solides pattes, comme s'il comprenait le sens de ses paroles.

— Toi, tu as besoin d'espace et de mouvement ! lui dit-elle encore. Eh bien, tu vas être content, car nous allons marcher longtemps, le plus loin possible de la grande caverne et du clan. J'espère que tu resteras avec moi...

Yona roule la peau de renne qui a servi de couche au fauve, lorsqu'il était blessé et qu'elle l'avait caché dans cette petite grotte où ils ont dormi.

— Hélas ! soupire-t-elle, Murg a découvert mon secret. Et Mummi, notre vieille chamani, quand elle a appris la chose, a déclaré qu'il fallait m'attacher aux chevilles avec le lien des coupables. C'est la pire des punitions. On ne peut plus se déplacer librement et Mummi dispose ainsi de quelqu'un qui la sert et lui tient compagnie... J'ai bien fait de m'en aller !

La fillette, que son père lui-même n'a pas osé défendre, a préféré s'enfuir pendant sa dernière nuit de liberté et rejoindre son unique ami, un loup...

— Viens ! lance-t-elle au loup. Je suis prête. J'ai mon épieu et mon bâton à fouir.

Ils se glissent hors de la grotte. Leurs empreintes vont se mêler sur la neige fraîche, mais Yona s'est munie d'une branche de genévrier, afin d'effacer leurs traces.

— Vers où irons-nous ? interroge-t-elle en examinant l'immense paysage blanc.

Le temps clair et glacé lui permet d'apercevoir, au sud, l'alignement de ces énormes monticules de rochers que la chamani nomme les « montagnes ».

— Nous pouvons longer le pied de la falaise dans cette direction. Ceux de mon clan ne nous chercheront pas de ce côté... Et j'ai toujours eu envie d'atteindre ces fameuses montagnes. Maman m'avait promis de m'y emmener... elle n'a pas eu le temps, la pauvre.

La fillette renifle pour ne pas pleurer, puis elle s'éloigne de sa démarche souple, suivie par le loup qui trotte en humant le vent. Malgré le poids du chagrin qui oppresse son cœur, Yona ressent une sorte de joie timide à l'idée de découvrir des territoires inconnus. Pour se donner du courage, elle parle à son compagnon :

— Je ne suis pas de taille à me battre contre un lion ou un ours, je le sais, mais je les éviterai. Il y a moyen de se cacher, de se tenir à l'écart d'eux. Des hommes aussi je me méfierai, car je crois qu'aucun clan ne t'acceptera... Si je demande un abri et de la nourriture, on me répondra : « Toi, oui, mais pas cette sale bête ! »

Yona pousse un soupir. Si elle veut rester fidèle à son frère loup, elle devra vivre seule. Sans famille, ni amis. Soudain, elle revoit le joli visage de Noume aux yeux bleus, qui a grandi près d'elle, une presque sœur. Ensuite, elle évoque la rude figure de Dako, son père.

— Il était si gai, avant... si bon. Depuis que maman est morte, il a tellement changé. Et comme les autres, il obéit à Mummi. Cette vieille femme à demi chauve n'est pas une bonne chamani ; moi, Yona, je le sais... Elle ne pense pas au bien-être du clan, mais au sien. Il faut lui donner la meilleure viande, les fruits juste cueillis, à la saison chaude. Et malgré tout, Mummi n'est jamais contente !

Elle se tait un instant, puis elle jette la branche de genévrier par terre. Ce n'est plus la peine de brouiller la piste. Personne ne les rattrapera. La nuit ne cesse d'éclaircir. Dans les trous du rocher, les corneilles commencent à piailler.

— La falaise s'abaisse doucement, petit frère. Bientôt, nous devrons marcher au bord de la rivière, pour ne pas nous écarter du chemin que j'ai choisi. Oh ! Écoute !

Yona s'immobilise. Elle a cru entendre des appels. Le loup s'arrête lui aussi et tourne un peu la tête.

— Non ! Non ! s'écrie la fillette, qui vient de faire volte-face.

Là-bas, sur le blanc immaculé du paysage, s'agitent des silhouettes brunes. Le fauve se met à grogner, découvrant ses crocs.

— Des chasseurs ! murmure Yona. Ils ont des lances.

Le vent lui apporte des éclats de voix. On crie son nom. Figée par la peur et la surprise, Yona hésite. Les hommes se rapprochent. À présent, elle reconnaît le grand Murg à sa haute taille, et, à côté du chef, son père, Dako. Deux autres chasseurs les accompagnent.

— Vite, frère loup ! Ils veulent te tuer ! Cours ! Sauve-toi !

Yona retrouve enfin son énergie. Elle détale, affolée. La neige gêne sa course, mais la frayeur décuple ses forces. Le loup, inquiet, reste près d'elle.

— Non, va-t'en ! hurle-t-elle. Va-t'en ! À moi, ils ne feront pas de mal !

Les chasseurs du clan gagnent du terrain. L'un d'eux sort son propulseur et y ajuste une sagaie effilée. Le trait de bois, muni d'une pointe en silex, fend l'air et vient se ficher à quelques pas de l'animal. À son tour, Murg brandit un long épieu qu'il lance avec rage. Yona l'évite de justesse. Horrifiée, elle recule d'un bond. Le chef du clan vise bien, et c'est elle qu'il voulait atteindre.

— Arrêtez ! s'égosille-t-elle. Vous êtes tous fous ! Père ! Dis-leur d'arrêter, je t'en prie !

Malgré la distance, Yona peut voir Dako s'en prendre à Murg. Les deux hommes se bousculent. Des cris de fureur retentissent, dont l'écho se perd contre l'immense pan de falaise.

— Sauve-toi donc ! répète Yona au fauve.

Elle dit cela en vain, car elle sait bien que le loup ne peut comprendre la gravité de la situation.

— S'ils arrivent jusqu'à nous, ils vont te massacrer ! gémit-elle. Et toi, tu ne veux pas me quitter. Oh ! Le soleil se lève ! Nous sommes perdus...

Il a suffi à Yona d'un coup d'œil vers la falaise, frappée de la clarté orangée de l'aube, pour y deviner l'entrée d'une cavité. Elle ne réfléchit plus, certaine que Murg est prêt à tuer tous ceux qui s'opposeront à lui. Même son père Dako, même elle, Yona.

— Suis-moi, frère loup ! Vite... vite... C'est notre seule chance !

Yona n'a jamais couru à une telle allure. Elle s'élance dans la grotte inconnue, le loup sur ses talons. Dehors, les cris du grand Murg retentissent, de plus en plus proches. La fillette hésite entre deux couloirs rocheux qui s'enfoncent sous terre, dans les ténèbres. Elle se décide pour une galerie étroite qui, très bientôt, se rétrécit.

— Yona ! Reviens ! hurle son père. Tu vas te perdre, là-dedans !

— Yona ! Sors de là ! rugit le grand Murg.

Elle ne répond pas, tant sa volonté est forte de sauver son frère loup. Comme le passage s'abaisse encore, elle avance à quatre pattes, derrière le fauve qui lui aussi se met à ramper. Ils progressent avec le même halètement de peur.

— Ne crains rien ! Ils ne pourront pas nous suivre ! chuchote enfin Yona. Ils sont trop gros !

Les interjections des chasseurs lui parviennent encore, mais affaiblies par la distance. Ils ont renoncé à les poursuivre. Yona croit deviner l'écho de son nom, puis cette parole de Murg : « Ta fille est vraiment folle, Dako ! Ne la regrette pas... »

Son père ne répond pas, ou tout bas.

« Lui aussi me juge coupable ! » songe-t-elle, le cœur serré.

Il est trop tard pour reculer. Yona choisit d'avancer encore dans ce monde obscur qui semble l'engloutir.

2

Le clan des petites dents

Le silence entoure Yona et il fait si noir qu'elle ne distingue même plus le loup. Pourtant, l'animal n'est pas loin, elle perçoit son souffle saccadé.

— N'aie pas peur, le rassure-t-elle. C'était le seul moyen de leur échapper. Quand je pense que j'ai dû fuir mon père... comme s'il était mon ennemi !

Yona, le corps endolori par l'effort, s'allonge un instant sur la terre sèche de la grotte. Le temps de comprendre qu'elle vient de quitter son clan pour de bon. Le loup a dû faire demi-tour, car il se couche près d'elle et lui lèche le visage.

— Tu es gentil, toi ! murmure-t-elle, oppressée par les ténèbres plus denses que la plus sombre des nuits. C'est si étrange de me retrouver là, avec un loup. Je n'ai même pas de quoi faire du feu !

Que dirait ma mère, si elle savait cela ? Sa fille Yona poursuivie par le grand Murg, sa fille à qui elle enseignait tant de choses et qui pourtant a oublié sa pierre à étincelles et le lichen sec qui s'enflamme si bien !

Le loup jappe puis il se relève. Yona croit distinguer le bruit ténu de ses pattes sur le sol. Le fauve a repris sa marche périlleuse dans l'obscurité.

— Frère loup ! Attends-moi ! crie-t-elle.

Mais sa voix ne porte pas. Prise de panique à l'idée de rester seule, Yona se redresse, heurte la paroi de son front. À tâtons, elle avance encore, avec la terreur de perdre son ami. L'épieu la gêne, mais elle ne veut pas s'en défaire. Cette arme effilée lui permettra de chasser. Cependant, se déplacer ainsi, sans rien voir, lui paraît la plus affreuse des épreuves.

— Frère loup ! appelle-t-elle. Reviens ! Reviens, je t'en prie !

Yona attend, n'osant ni bouger ni se relever. Peu à peu, elle se persuade que le loup a trouvé une issue et l'a abandonnée. Elle se recroqueville contre le rocher et se met à pleurer en silence, désespérée.

— Qu'est-ce que je vais devenir ? Sans frère loup ? Sans le clan ? Sans feu ! Je suis perdue...

Soudain, une truffe tiède et humide se colle à sa joue. Le fauve est revenu et manifeste ainsi sa présence. Yona tend les bras et se serre contre lui.

— Oh ! Ne me laisse plus jamais ! sanglote-t-elle.

Mais l'animal s'agite. Il semble savoir quel chemin prendre. Yona attrape une poignée de ses poils et, bien résolue à ne pas lâcher prise, elle le suit en marchant encore à quatre pattes, de crainte de se cogner le front au rocher.

— Combien de temps allons-nous passer dans le noir ? gémit-elle. J'ai peur, frère loup. Attends... Arrête-toi un peu !

Yona a senti sous ses pieds un lit de cailloux. Elle se dit qu'il peut y avoir des silex et des pierres à feu. Se concentrant sur les sensations de ses doigts, elle cale son épieu entre ses genoux, puis elle examine à tâtons quelques galets.

— Avec du feu, nous serions sauvés ! murmure-t-elle. C'était une bonne idée de s'enfuir dans cette grotte ! Le grand Murg doit être furieux. Je parie qu'il racontera à Mummi que cette tête folle de Yona a disparu dans un trou de la falaise, comme un rongeur ! Cela fera peut-être rire ma Noume, si elle écoute son discours.

La fillette se penche en avant, écrasée par le chagrin. La douleur qu'elle éprouve en pensant à son amie lui tord le ventre.

— Je n'ai plus de mère, et je ne jouerai plus avec ma Noume. Elle qui était toujours si coquette, avec ses coiffures tressées, qu'elle décorait de coquillages bleus. Et sa belle tunique rouge, dont elle était si fière. Je ne te verrai plus jamais, Noume...

Yona sanglote sans retenue. Personne ne peut l'entendre, ici. Le loup, pourtant, doit s'inquiéter de ces bruits bizarres, car il gratte les genoux de son amie, du bout de la patte.

— Oui, je sais, cela ne sert à rien de pleurer... bredouille-t-elle. Je ferais mieux d'allumer un feu. Mais il n'y a pas de bois dans les grottes... Même pas de silex, à mon avis.

Malgré cette déclaration navrée, Yona s'entête à frotter entre elles plusieurs pierres. Aucune étincelle ne jaillit, qui disperserait les ténèbres. Le loup s'impatiente. Dans l'obscurité, il hume l'air frais et pousse de brefs jappements.

— J'arrive ! lance Yona. Je te suis.

Elle s'accroche encore une fois aux poils épais de son dos et repart, courbée en deux. À sa grande surprise, un peu de clarté apparaît, un rond minuscule, droit devant eux. Petit à petit, une vague luminosité envahit la galerie, qui s'ouvre enfin sur une vaste salle.

— Oh ! s'exclame Yona. Regarde ça ! Le jour entre par une fente du rocher. Nous allons pouvoir sortir d'ici.

Yona peut avancer debout à présent, et elle voit où mettre les pieds. Le loup gambade, la truffe au ras du sol. Ils ne tardent pas à déboucher dans une autre grotte au plafond bas. Une odeur de feu chatouille les narines de la fillette. Le fauve commence à grogner.

— Qu'est-ce que tu as ? demande-t-elle. Il y a quelqu'un, c'est ça ?

Yona marche avec prudence, elle aperçoit un bout de paysage, un vallon enneigé mais baigné de soleil. Une voix l'arrête aussitôt :

— Qui es-tu, mon enfant ?

Elle cherche qui lui parle : près d'un maigre foyer se tient un vieil homme très maigre. Son crâne est à demi chauve, mais une natte de cheveux blancs pend sur son torse. Ses vêtements sont sales et peu épais pour la saison froide. Yona, aussi surprise qu'impressionnée, retient le loup par le cou.

— Je suis Yona, fille de la guérisseuse Madem, du clan des loups ! déclare-t-elle. Et n'ayez pas peur, ce loup est mon ami, mon frère.

— Ah ! Cela ne m'étonne pas, si tu es la fille de Madem ! Mais d'où sors-tu ? chevrote le vieillard.

Yona avance d'un pas, sans lâcher le fauve. Elle devine alors un corps allongé sous des fourrures.

— Est-ce que tu appartiens au clan des petites dents ? interroge-t-elle.

— Oui ! Je me nomme Tarak. Tu as devant toi, fillette, le clan tout entier, un pauvre clan obligé de manger des rongeurs ou des cadavres. Nous n'étions que trois. Mon frère est mort il y a dix jours. Un lion l'a attaqué alors qu'il piégeait des lemmings[1]. Il l'a emporté dans sa tanière. Ces bêtes rôdent près de notre grotte. Ils nous guettent. Ma compagne est couchée là. Elle tousse beaucoup. J'espérais que Madem viendrait, mais non. Est-ce elle qui t'envoie ?

Yona fronce les sourcils, intriguée.

— Veux-tu dire que ma mère venait jusqu'ici ? Qu'elle vous soignait tous les trois ?

— Oui ! Madem arrivait dans notre abri par le chemin que tu viens de prendre. Elle se cachait de votre chef, Murg, car elle nous apportait aussi de la nourriture !

Pour Yona, c'est une révélation. Elle comprend mieux certaines absences de sa mère. Tarak lui fait signe d'approcher et demande :

— Mais dis-moi, petite, par quel prodige ce loup est-il ton ami ? Et pourquoi peux-tu le toucher sans risque d'être mordue ?

1. Hamsters sauvages.

Yona ne répond pas. Elle ordonne au fauve de se coucher et s'approche de la femme malade. De son sac, elle sort un sachet ficelé avec soin.

— Nous parlerons plus tard. J'ai de l'écorce de saule ! Je vais préparer une tisane qui apaise la fièvre et calme la douleur.

— Garde tes remèdes, Yona ! répond Tarak. Il est trop tard. À quoi bon nous soigner ? Dis-moi plutôt ce que tu fais là... Voici ce qui me ferait plaisir, de bavarder un peu. Madem nous racontait tant d'histoires de votre clan !

Mais Yona est si contente de se rendre utile, d'être accueillie avec gentillesse, qu'elle s'affaire autour du feu. Elle le garnit de débris de bois, souffle sur les braises. Dans une outre en peau que lui remet Tarak, elle fait chauffer de l'eau, en suspendant le récipient sur trois petites perches assemblées. Ensuite, elle prépare la tisane.

— Serais-tu bannie, Yona ? demande d'une voix douce le vieil homme qui l'observe. Quand je vois ce gros loup qui t'obéit, et toutes ces affaires que tu transportes... cela ressemble à un départ sans retour.

— Oh ! soupire la fillette. Je n'ai pas été bannie. Je me suis enfuie. J'ai pu échapper à ceux qui me traquaient en entrant dans une grotte, de l'autre côté de la falaise. Si ma mère passait par là, comment faisait-elle ? J'ai marché à quatre pattes si longtemps.

Tarak sourit avec indulgence.

— Disons que Madem devait connaître un meilleur passage. Où est-elle ? Je reconnais son sac...

Yona se frotte le visage, très émue. Puis, en surveillant l'eau qui frémit déjà, elle raconte toute son histoire au vieux Tarak.

— Ainsi, s'étonne-t-il à la fin du récit, tu as gagné la confiance, l'affection de ce loup ! Je n'ai jamais vu une telle chose dans ma longue vie ! Regarde-le. Il est couché et il ne nous attaque pas... Tu es bien la fille de Madem. Ah ! C'était une femme peu commune. Mon cœur la pleure, maintenant que tu m'as appris sa fin tragique. Elle n'aurait pas dû mourir.

— Oui, souffle Yona, bouleversée. Depuis qu'elle a disparu, tout va mal dans le clan. Mummi n'a plus personne pour la raisonner, et le grand Murg se sent tout-puissant. Et surtout, elle me manque. Oui, elle me manque beaucoup...

3

Le sacrifice de Tarak

La compagne de Tarak possède encore une belle chevelure noire et grise, mais sa figure étroite est striée de rides profondes. Yona lui fait boire de la tisane, en lui soulevant un peu la tête.
— Cela te fera du bien ! lui dit-elle affectueusement à l'oreille.

— Les lions ! balbutie la femme. Les lions vont revenir, cette nuit ! Sauve-toi, petite ! Sauve-toi ! Ils peuvent nous manger, Tarak et moi, puisque notre clan nous a abandonnés... parce que nous étions trop vieux, incapables de marcher et de chasser. Des bouches inutiles, a dit notre chaman. Mais toi, tu es si jeune. Les lions ne doivent pas te tuer. Ils vont revenir...

Ces paroles entrecoupées de gémissements font frissonner Yona. Elle jette un regard apeuré vers l'éboulis de galets qui mène à la caverne. Alentour, elle devine un chaos de blocs rocheux, d'autres cavités, et un vallon encaissé où la neige doit rester gelée même à la saison chaude, si courte.

— J'ai traversé la falaise, n'est-ce pas ? demande-t-elle à Tarak. Je ne connais pas cette vallée-là. Mon clan vient-il par ici ?

— Non, jamais. Seule Madem connaissait ce lieu. Elle voulait nous ramener à la grande caverne. Elle n'en a pas eu le temps. Elle désirait d'abord en parler à Mummi, car elle pensait que votre chamani refuserait notre présence. Nous n'avions aucune offrande à lui amener, alors...

Yona serre les poings et lance un caillou contre la paroi. Elle voudrait être grande, comme sa mère, pour pouvoir lutter à armes égales avec Mummi et prendre sa place.

Tarak lui pose encore beaucoup de questions. Yona y répond de bonne grâce, mais elle continue à surveiller sa malade. La vieille femme semble aller mieux. Ses joues sont moins rouges.

— Il vous faudrait de la viande fraîche, à tous les deux ! soupire Yona. Mais je ne sais pas chasser, moi.

— Si tu t'apprêtes à vivre seule, Yona, déclare Tarak, il te faudra apprendre à viser juste, à ne pas manquer ta proie. La faim est la pire des maladies. Crois-moi !

La fillette approuve d'un geste du menton, avant de se lever.

— Je vais chercher de quoi alimenter le feu ! annonce-t-elle.

Le loup la suit aussitôt. Yona déambule sans trop s'éloigner, mais elle ne trouve qu'une poignée de brindilles. De tout son cœur, elle plaint les deux survivants du clan des petites dents. Ils n'ont ni lampe à huile, ni solides fourrures, ni réserves de bois.

— Si je pouvais les aider ! Ces pauvres vieillards me font pitié ! Ils ne pourraient même pas se défendre contre une hyène !

Toute à ses pensées, elle ramasse des lichens et des mousses, en grattant les rochers. Un grondement sourd la fait sursauter. Le loup est tout hérissé et montre les crocs. Au même instant, un rugissement terrifiant résonne dans le vallon.

— Un lion ! hurle Yona. Vite ! Sauvons-nous !

Épouvantée, Yona grimpe l'éboulis, entre en courant dans l'abri. Ses doigts se crispent sur son épieu. Tarak est assis près de sa compagne et lui caresse le front. De nouveaux rugissements s'élèvent, rauques, furieux.

— Ils sont au moins deux, peut-être trois ! chuchote Tarak. Ils briseront ton épieu d'un coup de patte, Yona. Ils mettront le loup en pièces, s'il veut te défendre. Fuis, petite ! Tu m'as dit posséder le savoir de Madem, alors tu dois vivre.

Yona roule des yeux affolés. Elle voudrait aider Tarak et sa compagne à fuir l'abri, ou bien par magie faire naître un feu gigantesque, capable d'effrayer les lions, mais elle se sent fragile et démunie. Il ne lui reste que son courage et sa loyauté.

— Non ! s'écrie-t-elle. Je ne peux pas vous laisser seuls ! Ces lions vont vous torturer ! J'ai vu les griffes de l'ours déchiqueter la chair de ma mère ! Non ! Je ne vous abandonnerai pas.

La lumière semble décliner tout à coup. Yona, surprise et inquiète, se tourne vers l'entrée de l'abri. Deux énormes lions, presque aussi hauts sur pattes que des chevaux, se tiennent là, gueule ouverte sur une rangée de dents acérées. Ce sont eux qui empêchent la clarté de se répandre.

— Retourne au fond de la grotte, Yona ! supplie Tarak. Ces monstres ne pourront pas te suivre.

Le loup se fie à son instinct de conservation. Il prend la fuite et se réfugie dans la pénombre de la première galerie. Yona, déchirée entre son désir de survivre et sa compassion pour les vieillards, reste plantée près du feu.

— Au nom de ta mère Madem, mon enfant ! implore Tarak d'une voix tremblante. Sauve-toi !

Nous sommes si vieux, nous pouvons mourir, pas toi !

Yona se résout à obéir. Elle ramasse un tison enflammé et s'enfonce dans les ténèbres.

*

Désespérée, Yona reste tapie dans le noir. Le tison rougeoyant s'est éteint tout de suite. La fillette se bouche les oreilles de ses poings fermés, pour ne rien entendre de l'horrible drame qui doit se jouer dans l'abri voisin.

« Pauvre Tarak ! Pauvre femme... songe-t-elle. Je me souviens, maman avait essayé de soigner un chasseur blessé par un lion. Les plaies étaient si profondes que tout le savoir de Madem n'avait servi à rien. Les griffes des lions sont longues comme des pointes de lance, leurs dents sont plus grandes et aiguës qu'un couteau en silex. »

Le loup, après avoir erré dans une des galeries, vient la retrouver. Il se couche près d'elle, quémandant souvent des caresses. Yona finit par enfouir son visage contre son poitrail. Elle s'endort ainsi, épuisée d'avoir trop pleuré.

Quand Yona se réveille, elle pense aussitôt aux lions et aux deux vieillards. Mais aucun bruit ne lui parvient. Un profond silence règne autour d'elle.

— Est-ce que j'ai dormi longtemps ? s'étonne-t-elle. Tarak et sa femme ont sûrement été dévorés et les lions ont dû les emporter dans leur tanière ! Tu ferais la même chose, toi ! Un loup chasse, tue, puis il emmène sa proie dans un refuge sûr, où personne ne peut le déranger... Oh ! Je dois y aller, je dois savoir... Sans doute, il n'y a plus aucun danger pour moi ! Que l'Esprit du ciel emporte ces malheureux au royaume des morts ! Ils étaient si gentils.

Yona parle beaucoup. Cela l'aide à garder courage. À petits pas, elle retourne vers la lumière qui lui indique la sortie du monde souterrain. En parvenant près du feu, elle constate que les pierres du foyer ont été renversées et déplacées. Le loup sent sur le sol les empreintes des lions qui dégagent une forte odeur de fauve. Il grogne sourdement, le poil hérissé. La fillette regarde autour d'elle.

— Mais ! bredouille-t-elle, mais... Ce n'est pas possible !

Tarak est bien vivant, recroquevillé contre sa compagne.

— Yona, approche ! chuchote le vieil homme. L'Esprit de la terre nous a envoyé un protecteur !

— Que s'est-il passé ? s'écrie Yona. Qui a pu repousser ces lions ? Le grand Murg, le chef de mon clan ? C'est le meilleur chasseur que je connaisse !

— Non, ce n'était pas lui ! affirme Tarak. Un garçon de ton âge les a défiés ! Il les piquait de son épieu, gesticulait et hurlait. Les deux fauves se sont précipités à sa poursuite. J'ai vu ce brave petit chasseur escalader les rochers et jeter des cailloux sur les lions. Ils étaient furieux. Ils doivent encore être sur sa piste...

Yona croit rêver. Elle s'agenouille près du vieillard et murmure :

— Comme je suis heureuse ! J'étais si triste pour vous ! Tu dis qu'un garçon vous a sauvés ? Mais comment est-il ? demande-t-elle. Est-ce que ce serait un des fils de Murg ? Je ne crois pas, ils ne sont pas aussi courageux.

Bien que tout tremblant, Tarak rit doucement. Sa compagne ajoute :

— Je pensais que notre dernier jour était venu, mais non ! Qu'il est bon d'être encore en vie, même malade. Écoute, Yona, ce jeune chasseur était brun, comme toi, mais un peu plus grand. Il portait un drôle de collier, orné de grosses dents. Et ses cheveux étaient décorés de plumes blanches.

De plus en plus intriguée, Yona n'a qu'une envie : voir de près cet inconnu qui n'a pas eu peur d'affronter deux énormes lions.

— Je suis si contente pour vous deux ! dit-elle en souriant. Mais vous ne pouvez plus habiter ici ! Vous devez marcher jusqu'à la grande caverne, et demander à mon père Dako de vous accueillir dans son foyer. Il est seul, à présent. Si Mummi s'y oppose, dites que c'est l'esprit de Madem qui vous a guidés vers eux. Je pense qu'en contournant la falaise, puis en longeant le bord de la rivière, vous arriverez sans trop de peine.

— Mon enfant ! Nous n'en aurons pas la force ! proteste Tarak. Mais tu peux rester avec nous. Mes pièges fournissent de quoi se nourrir. Les rongeurs ne sont pas si mauvais que ça, une fois rôtis... Cela nous a valu notre nom de « clan des petites dents » !

Yona secoue la tête. Elle redoute le retour des lions, et surtout celui de Murg !

— Non ! répond-elle. Cet endroit n'est pas sûr. Je passerai la nuit près de vous, mais je repartirai à l'aube. Murg me retrouvera, si je reste dans les parages. Faites ce que je vous dis, tous les deux. Demain, au lever du soleil, partez. Je vous guiderai un bout de chemin. À l'entrée de la grande caverne, envoyez chercher Dako et implorez-le quand il sera devant vous. Mon père est bon. Je suis sûre qu'il vous prendra chez lui. Vous mangez sûrement moins que moi.

Tarak et sa compagne se regardent, attendris. L'espoir fait briller leurs yeux.

4

Sur les traces des lions

Après une bonne nuit de repos, Yona accompagne Tarak et sa femme jusqu'à la rivière. Le ciel est clair, la neige n'a pas gelé.

— Avancez tout droit. Prenez votre temps.

Le vieillard sourit. Il soutient sa compagne, dont la fièvre est tombée.

— J'espère que ceux de ton clan ne nous jetteront pas des pierres ! Juste parce que nous sommes vieux !

— Non, ils ne sont pas si méchants ! affirme Yona. Ils obéissent tous à Mummi, qui est encore plus âgée que vous deux. Traitez-la avec respect et admirez-la, elle vous aimera tout de suite. Je vous dis là un bon conseil... Et je vous en prie, quand vous rencontrerez une fille que l'on appelle Noume, donnez-lui de mes nouvelles, mais en cachette des autres.

La fillette esquisse un sourire malicieux, puis elle les salue, et fait demi-tour en courant. Quelque chose la pousse à retrouver le garçon coiffé de plumes blanches. Un sentiment d'urgence... d'impatience.

— Viens, mon frère loup ! Suis-moi !

Yona marche d'un bon pas. Elle a l'impression de commencer une nouvelle vie. Une joie farouche emplit son cœur. Elle est libre, et plus personne ne peut lui donner d'ordre. Ni Murg ni Mummi.

« Je n'ai plus peur ! songe-t-elle. Tarak m'a offert sa pierre à étincelles, et, le soir, j'allumerai mon feu. Je ferai cuire mon repas, et je le partagerai avec mon frère loup. »

Elle se dirige vers le vallon étroit où vivait le clan des petites dents, mais en faisant un large détour, ce qui lui épargne de traverser la falaise par le dédale de galeries souterraines. Une fois arrivée à destination, elle escalade les blocs de rochers, se hisse au sommet d'un plateau étroit, dégringole des éboulis de cailloux, nappés de neige sale. Grâce aux empreintes qu'elle retrouve en scrutant le sol, elle suit le parcours des lions et du garçon inconnu.

— Où est-il ? murmure-t-elle. D'où vient-il ? Son clan vit peut-être à deux jours de marche !

Et si c'était un sorcier ? Non, Tarak a dit qu'il ressemblait à un jeune chasseur.

Yona se pose tant de questions qu'elle ne surveille plus son loup. Soudain, elle s'aperçoit qu'il a disparu.

— Oh non ! Il a dû sentir une proie... il a faim. Il se remet à chasser, cela prouve qu'il est tout à fait guéri.

Un peu inquiète malgré tout, Yona se faufile entre deux pans de rochers qui enferment une sorte de cuvette naturelle remplie de neige. Il y pousse des genévriers et des noisetiers. Le spectacle qu'elle découvre lui arrache un cri d'horreur. Celui qu'elle cherchait gît sur le sol, tout ensanglanté. Il tient toujours à la main une grande lance brisée en deux. Ce devait être une arme redoutable. À quelques pas, une lionne de petite taille est couchée sur le flanc. Elle perd son sang, mais ses larges yeux dorés se posent sur Yona, exprimant une profonde souffrance.

— Maman ! Que dois-je faire ? s'écrie la fillette, désemparée.

Mais elle n'hésite pas longtemps. Avec une attention désolée, elle examine le garçon qui a sauvé Tarak et sa compagne. Ses doigts effleurent la poitrine cruellement griffée.

— Sa force de vie est puissante ! Il respire encore. Je vais le soigner...

Yona regarde autour d'elle. Il lui faut transporter le blessé dans un refuge sûr.

Entre un bosquet d'arbustes et un gigantesque rocher, elle devine une construction en branchages.

— Peut-être qu'il habite là ? Oui, sûrement... Des épineux ferment l'entrée. Je pense qu'il voulait se mettre à l'abri et que la lionne l'a surpris !

Ce n'est pas facile de traîner le corps du garçon à demi inconscient. Il pèse lourd et chaque fois que son dos heurte un caillou, il gémit sourdement.

— Courage ! chuchote-t-elle, haletante tant l'effort l'épuise. Après, j'allumerai un feu, aucune bête n'osera approcher. Il y a du bois mort en abondance, ici...

Yona a peur que le court trajet jusqu'à la hutte ne provoque la mort de celui qu'elle aimerait tant sauver. Enfin, elle peut l'allonger sur une peau d'ours qui doit servir de couche au mystérieux personnage.

Luttant contre la curiosité, Yona entreprend de nettoyer les plaies du garçon. Pour cela, elle repousse plus près du cou le collier constitué de dents de lion.

— Eh bien ! soupire-t-elle. Les chasseurs de son clan doivent tuer beaucoup de lions ! Mais appartient-il à un clan ? Pourquoi vivrait-il seul ici, dans ce cas ? Moi, je l'appellerai Dent de lion, puisque je ne sais pas son nom !

Yona entreprend de soigner Dent de lion. Elle applique de la neige sur ses blessures, puis des onguents fabriqués par Madem qu'elle a gardés précieusement. Pour finir, elle enveloppe le torse du jeune chasseur d'un bandage, taillé dans de fines peaux de renne.

— C'est une chance qu'il me reste tout cela ! J'ai bien fait de cacher une partie des trésors de maman... et de les emporter.

La fillette, satisfaite de son travail, allume un feu. Le foyer était prêt, à demi creusé dans la terre. Des braises, demeurées au fond du trou, sont encore tièdes.

— Hum ! fait-elle. Dent de lion en sait, des choses. Je pense qu'il n'a besoin de personne. Moi, j'ai mon frère loup pour me tenir compagnie.

Yona se rembrunit. Elle a oublié le fauve.

— Depuis combien de temps est-il parti ? J'espère qu'il est occupé à croquer un lièvre... Peut-être qu'il a eu peur de l'odeur de la lionne ?

Le cœur serré par l'appréhension, Yona se lève et sort de la hutte. Ses yeux errent sur la crête rocheuse, guettant une silhouette grise, celle de son frère loup. Mais un feulement bas l'oblige à regarder du côté de la lionne agonisante. Son imposante masse rousse semble inerte, pourtant c'est bien elle qui se plaint.

« Que faire ? se demande la fillette, soudain pleine de compassion. Je ne supporte pas qu'elle souffre. Mais je ne vais pas soigner un lion ? Si je m'approche, je risque de prendre un coup de griffe. Et je suis incapable de l'achever, ça non... »

Yona se tord les mains, découragée par son impuissance. Sa joie naïve de vivre seule et libre tombe en miettes. Elle souhaiterait presque voir surgir son père ou Murg, car eux, au moins, ils mettraient fin à l'agonie de l'animal, qui continue à geindre, à feuler tout bas.

Attristée, Yona avance avec prudence. La lionne a le ventre transpercé.

— Ton sang s'écoule trop vite. Tu vas mourir.

La fillette, apitoyée, s'accroupit. La bête ferme les yeux. Elle ne bronche pas quand une main légère caresse sa grosse tête. Yona enfouit ses doigts dans le pelage rêche et tiède.

— Je ne peux pas t'aider, pauvre lionne ! murmure-t-elle, mais je reste avec toi jusqu'à ce que ton esprit s'envole... car je pense comme ma mère. Oui, Madem croyait que les animaux avaient un esprit, qu'ils étaient capables d'affection et même de chagrin. Elle avait raison, puisque moi j'ai un loup pour ami !

Une voix grave, qui résonne dans le silence, fait sursauter Yona. Cette voix inconnue lui crie d'un ton hargneux :

— Tu racontes n'importe quoi ! Qui es-tu, d'abord ?

Celui que Yona a surnommé Dent de lion s'est réveillé, et, appuyé sur un coude, il lui jette un regard méprisant.

— Tu ne connais pas les lions ! ajoute encore le garçon. Tu devrais achever cette sale bête ! Elle peut se relever et te déchiqueter. Sers-toi de ton épieu !

Yona se sent très intimidée. Mais le ton arrogant de cet inconnu lui déplaît. Elle répond d'une voix ferme :

— Ce n'est pas la peine d'achever cette lionne. Elle vient de mourir et j'ai calmé sa douleur avec mes caresses.

— Tu es bien prétentieuse ! ricane Dent de lion. Tu crois vraiment que tes mains ont le pouvoir de calmer la douleur ! Moi, je souffre toujours ! Pourtant, je parie que c'est toi qui m'as soigné !

Yona se redresse et marche jusqu'à la hutte. Elle observe avec attention le jeune chasseur, qui tente de s'asseoir, sans la quitter des yeux. Et quels yeux ! Deux prunelles d'un vert intense, entre des paupières fendues en amande. La fillette commence à penser qu'elle se trouve vraiment en face d'un sorcier ou d'un être fantastique, venu du monde des Esprits.

— Qui es-tu ? demande-t-elle, prête à s'enfuir.

— Je n'en sais rien ! marmonne-t-il. Et toi ? Une fille ne quitte jamais la caverne ou la hutte de son clan. Une fille ne sait pas se débrouiller seule !

— Moi si ! Je suis Yona, fille de la guérisseuse Madem, qui m'a transmis sa science. Et je t'ai donné un nom : Dent de lion, à cause de ton collier. C'est un beau nom, tu ne trouves pas ?

5

Le collier magique

Les deux enfants s'observent, sur la défensive. Yona reprend la parole la première :

— Pourquoi est-ce que tu ne sais pas qui tu es ? Personne ne dit des choses pareilles ! Tu as sûrement une famille, un clan...

— J'ai faim ! déclare Dent de lion. As-tu des provisions ?

Yona se glisse sous la hutte et garnit le feu de branchettes. Elle ouvre son sac, et en sort des noisettes et des morceaux de poisson fumé.

— Je n'ai plus que ça à manger... explique-t-elle. Je voulais chasser, aujourd'hui, mais je n'ai pas pu. J'ai dû te traîner à l'abri, panser tes plaies. Mon frère loup a disparu, en plus.

Dent de lion tend la main vers les noisettes. Il en prend une poignée, les dispose sur une pierre plate, et, à l'aide d'un galet, commence à casser les coquilles, pour croquer avec avidité la chair du fruit sec. La bouche pleine, il interroge d'un air moqueur :

— Tu te vantes, tu ne peux pas avoir un loup pour ami ! Encore moins comme frère !

— Si ! Et je suis sûre qu'il rôde près d'ici, qu'il n'ose pas approcher. Il a peur de l'odeur du lion, et il a peur de toi !

Dent de lion éclate d'un rire méchant. Il pointe un doigt vers Yona :

— Tu mens ! Les loups sont de mauvaises bêtes puantes, qui mangent les restes de nos repas.

Sur ces mots, le garçon s'empare du poisson fumé et l'avale en deux bouchées. Yona, elle aussi affamée, en reste muette de surprise. Puis elle bredouille, gênée :

— Qu'est-ce que je vais manger, moi ? Dans notre clan, on partage la nourriture ! Enfin, je te pardonne parce que tu as sauvé Tarak et sa compagne. Grâce à toi, ils sont toujours vivants, alors je suis contente de t'offrir mes provisions. La nuit va bientôt tomber, je dois partir, et retrouver mon frère loup...

L'étrange garçon a une réaction inattendue. Il crie presque, fixant sur Yona son regard vert brillant de larmes...

— Non, ne t'en va pas ! Je suis content de parler avec toi ! Je vis seul depuis la saison chaude. Dis-moi plutôt qui est ce Tarak !

— Mais... je parle du vieillard que les lions ont attaqué. Il t'a vu ! Je sais bien que c'est toi, puisque tu as des plumes blanches dans les cheveux.

Dent de lion s'apprête à répondre quand un long hurlement retentit, venant d'un rocher voisin. Yona bondit sur ses pieds et court hors de la hutte.

— Frère loup ! Je suis là ! Viens vite ! Ne crains rien !

Aussitôt, une forme grise se faufile dans le chaos de pierres. La fillette s'élance à sa rencontre. Le loup saute sur Yona et lui lèche le visage. Elle manque perdre l'équilibre tant le fauve lui témoigne de l'affection.

— Tu as vu, Dent de lion ? s'écrie-t-elle. Tu as vu combien il est content de me revoir ? Alors, suis-je une menteuse ? Une langue fourbe ?

Yona éprouve une joie délirante. Le loup ne l'a pas abandonnée. Et puis elle a quelqu'un avec qui discuter près d'un bon feu. Mais un détail lui échappe. Le fauve ne connaît pas le jeune chasseur. Une fois passée l'exaltation des retrouvailles, l'animal danse sur place, montrant les crocs à la hutte et à son habitant.

— N'aie pas peur ! répète Yona. Dent de lion est un ami. Il ne te fera pas de mal !

Dent de lion, ébahi par ce qu'il vient de voir, se fait tout petit, allongé sur sa fourrure. C'est lui maintenant qui prête à cette drôle de fille des pouvoirs magiques.

— Je ne comprends pas pourquoi il grogne ! poursuit Yona. Dans l'abri de Tarak, frère loup s'est couché sagement et il y avait aussi du feu.

— Non, chuchote le garçon. Chez Tarak, il n'y avait qu'un peu de braises. Là, les flammes sont hautes. Et si tu connaissais les fauves, tu saurais que les loups, comme les lions, sentent la faiblesse ou la puissance d'un ennemi ! Un vieillard à moitié mort ne les inquiète pas...

— Pas plus qu'un chasseur blessé, dont la lance est brisée ! déclare Yona d'un ton sec. Je te trouve fier et orgueilleux, Dent de lion. Tu ressembles aux fils du grand Murg, notre chef ! Je n'ai pas envie de rester là à t'écouter ! Je préfère m'en aller. Que les Esprits du ciel et de la terre te protègent !

Yona n'a pas vraiment envie de partir. Elle espère entendre le garçon la supplier, mais il ne le fait pas. Désemparée, la fillette se décide à s'éloigner, à pas lents.

— Tu oublies ton sac ! claironne Dent de lion. Ton précieux sac de guérisseuse ! Je ne crois pas que tu le mérites, car tu laisses un blessé derrière toi...

Yona revient sur-le-champ, très en colère. Le sac en peau de lièvre, orné de coquillages par Madem, a disparu. Elle le cherche partout, affolée, avant de l'apercevoir caché dans le dos de Dent de lion, qui a passé la courroie autour de son cou.

— Si tu le prends, je te mords ! prévient-il en imitant ensuite le rugissement d'un lion.

— Tu es fou ! proteste-t-elle. Tu vas attirer des lions par ici, et nous ne pourrons pas nous défendre. Tais-toi !

— Alors, ne pars pas, Yona ! Je t'en supplie. Je te raconterai l'histoire de mon collier ! Le collier du clan des chasseurs de lions ! Un collier magique...

Yona s'agenouille près du feu, avec un petit soupir mi-soulagé, mi-agacé. Le loup s'est couché à bonne distance de la hutte. L'ombre épaissit, bleuissant la neige. Un froid vif glace le paysage, dès le coucher du soleil.

— Il faudrait fermer l'entrée de mon abri avec des épineux ! conseille Dent de lion. Je fais ça tous les soirs. Il y en a un tas sous cet arbre, là-bas. Vas-tu laisser ton loup tout seul ?

— Non, réplique la fillette. Il dormira près de moi.

Tandis que Yona installe le rempart de branches piquantes, en s'égratignant les mains, le loup la rejoint. Lorsqu'elle se faufile sous la hutte, le fauve la suit et se couche le plus loin possible du foyer. Ensuite, il fixe le garçon d'un regard doré, insistant. Dent de lion siffle entre ses dents :

— Ta bête se méfie de moi, elle a raison ! Si elle me saute dessus, je la tue !

— Tu n'en aurais même pas la force ! pouffe Yona. Et puis si je te raconte comment je suis devenue sa sœur, tu n'en auras plus envie. Je crois bien que nous sommes deux têtes folles, comme dirait Mummi, la chamani de mon clan... Mais c'est à toi de parler, Dent de lion. Je t'écoute.

Yona s'est assise, son épieu à portée de main. Elle ne sent plus la faim, ni le froid. La lumière des flammes la ravit, ainsi que le visage presque souriant du jeune garçon. L'espoir chantonne dans son cœur.

— J'appartenais au clan des chasseurs de lions ! commence son nouvel ami. Nous n'étions pas nombreux, mais nous étions très forts. Nous habitions une immense grotte, loin d'ici, dans les rochers géants qui montent jusqu'au ciel. Là-bas.

Dent de lion désigne le sud. Yona interroge d'une voix douce :

— Dans les montagnes ? Mummi appelait ces rochers des montagnes.

— Pourquoi pas ? marmonne-t-il. Dans mon clan, les hommes qui naissaient avec les yeux couleur des feuilles vertes devaient tuer trois lions, afin de mériter ce collier qui donne puissance et courage. Porter le collier aux dix dents était un grand honneur.

Yona roule des yeux admiratifs et murmure :

— Alors tu as déjà tué trois lions ?

— Non ! soupire le garçon. Je n'en ai pas eu le temps. Mon clan a été frappé d'une terrible maladie. Les femmes et les bébés sont morts les premiers, puis les hommes. C'était une sorte de fièvre ardente, si forte que nos têtes paraissaient près d'éclater de douleur. Moi aussi j'ai eu ce mal affreux, pourtant j'ai survécu ! Quand je me suis réveillé, mon père était mourant. Il ne me reconnaissait plus. Alors j'ai pris le collier qu'il portait au cou, et je suis parti. Mais j'ai promis de tuer trois lions, pour mériter le collier ! Je t'assure qu'il est magique, Yona, car depuis que je l'ai sur la poitrine, les lions ont peur de moi... Ils n'arrivent pas à me blesser, et je les fais courir !

Yona plisse le bout du nez d'un air incrédule. Avec gentillesse, elle dit :

— Les plaies que j'ai soignées ont été faites par la lionne... Ton collier ne t'a pas protégé de ses griffes !

— Mais je ne suis pas mort ! claironne Dent de lion. Elle, si ! Tu en es témoin. Tu n'as pas le droit de douter de moi. Je dis la vérité. Je ne me souviens pas de mon nom, c'est la seule chose que j'ai oubliée... et mon âge...

Toute surprise, Yona s'exclame :

— Tu as oublié ton nom ? Et tu ignores le nombre de saisons que tu as vécues ?

— Oui, et d'autres petites choses. Le visage de ma sœur, qui tétait encore le sein de ma mère. L'endroit exact où vivait le clan des chasseurs de lions, aussi...

Le garçon aux yeux verts baisse la tête, comme honteux. Yona lui prend la main et chuchote :

— Ce doit être cette fièvre que tu as eue. Et la douleur ! Maman m'a expliqué que les maladies qui rongent le crâne effacent parfois les souvenirs. Ce n'est pas ta faute. Et puis c'est un joli nom, Dent de lion. C'est moi qui te l'ai donné !

Le jeune chasseur sourit de bon cœur. Tout bas, il répète :

— C'est un joli nom, Dent de lion... Merci, Yona.

6

Amis ou ennemis

Au milieu de la nuit, des plaintes réveillent Yona. Allongé près d'elle, son frère loup grogne sourdement. Les gémissements proviennent de la couche de Dent de lion. Elle se redresse sur un coude et l'entend gémir :

— J'ai mal... j'ai mal... je brûle...

Yona se précipite pour l'examiner. Elle lui trouve le front couvert de sueur, le souffle haletant.

— Ses blessures s'infectent ! C'est ce que je craignais. Tant de chasseurs meurent de ce mal. Que faisait Madem dans ce cas ? Maman, je t'en prie, aide-moi à me souvenir ! Je ne sais plus...

Dans le ciel dégagé, la lune ronde scintille. Sa clarté bleue pénètre dans la hutte. Yona s'aperçoit que les pansements de Dent de lion sont souillés par un sang brun.

— Je vais encore nettoyer les plaies. Il gèle. J'appliquerai de la neige bien glacée dessus. Le froid apporte parfois la guérison.

Yona s'affaire, rallume le feu. Elle soigne son malade du mieux qu'elle peut. Elle a renoncé à dormir pour veiller le garçon au collier magique, et prier l'Esprit de la terre de l'épargner.

— Il a déjà beaucoup souffert ! Il a vu mourir son clan. Il a oublié son nom... S'il se rétablit, Dent de lion deviendra peut-être mon ami. Nous pourrons voyager, chasser ensemble.

Des larmes d'angoisse coulent sur les joues de la fillette. Elle n'a aucune envie de se retrouver seule. Le loup l'observe de son regard doré. Il semble lui aussi décidé à ne pas fermer l'œil.

Le lendemain, Yona perd courage : Dent de lion geint sans fin. Il prononce des paroles incompréhensibles, se débat. Elle se sent impuissante et surtout très fatiguée, car la faim la torture. Au milieu de la journée, la fillette commence à regarder le corps inerte de la lionne comme une source précieuse de nourriture. Le loup paraît animé des mêmes intentions, car il rôde autour du gros fauve, en se léchant les babines.

— Tu as raison, frère loup ! La chair d'un lion n'est pas aussi savoureuse que celle des rennes ou des bisons, mais nous ne pouvons pas faire les difficiles. Je vais découper un peu de viande, puis je recouvrirai de pierres cette pauvre bête.

En se penchant sur la lionne, Yona constate que ses tétines sont très gonflées.

« Elle avait peut-être des petits ! songe-t-elle. C'est pour cette raison que j'ai lu une telle douleur dans ses yeux. Elle s'inquiétait pour eux, comme toutes les mères. Les pauvres, privés de lait... ils doivent être morts, eux aussi. »

Yona doit faire appel à tout son courage pour s'attaquer à la dépouille du fauve. Dans son clan, ce sont les chasseurs qui découpent le gibier. Les femmes préparent ensuite la viande et tannent les peaux.

— Je n'ai pas eu le temps d'apprendre... soupire-t-elle. Il me faut un couteau ou une hachette. Dent de lion possède peut-être ces outils.

Alors qu'elle fouille la hutte, le malade reprend conscience. Il semble lucide et dévisage Yona avec attention.

— Que cherches-tu ? bredouille-t-il. Tu veux encore t'en aller ?

— Mais non, Dent de lion ! s'écrie-t-elle. J'ai besoin d'un silex bien tranchant. Après, je pourrai te donner à manger.

— Je n'avais que ma lance. Mais regarde autour du feu, j'ai trouvé un rognon de silex. Brise-le avec un galet. D'un coup bien précis. Tu auras ensuite de quoi couper... Tu as faim, Yona, mais quand j'irai mieux, je chasserai pour toi !

La voix du garçon faiblit. Puis il sombre dans un profond sommeil. Yona se penche et pose les mains sur lui.

— Si j'ai vraiment le pouvoir de guérir, que ma force de vie se répande dans le sang de Dent de lion, implore-t-elle. Qu'il puisse courir de nouveau, que ses plaies se referment... Esprits de la terre et du ciel, vous qui aidiez ma mère, aidez-moi aussi... car je suis sa fille, la fille de Madem.

*

Le soir même, Yona se dit que ses prières ont été entendues. Dent de lion n'a plus de fièvre. Il parvient à s'asseoir et avale de bon appétit la viande grillée qu'elle lui sert. Ce repas pris face à face, les joues chauffées par les flammes, leur paraît délicieux. La nuit ne les effraie pas. Ils sont tous les deux. Pourtant, des rugissements s'élèvent dans le lointain, l'écho d'une galopade aussi, qui fait se redresser le loup.

— C'est un troupeau de rennes ! déclare le garçon. Dans la vallée voisine, ils sont une centaine à fouiller la neige qui ramollit. Dessous, il y a des lichens.

Yona approuve d'un signe de tête, absorbée par le plaisir de manger. Une fois rassasiée, elle demande tout bas :

— Dent de lion ! Veux-tu connaître mon histoire ?

— Oui ! réplique-t-il entre deux bouchées, ça m'intéresse beaucoup.

Comme elle l'a fait pour Tarak, Yona décrit avec beaucoup de détails la grande caverne que traverse une rivière souvent prise par les glaces. Elle évoque la vieille Mummi et ses caprices, ses exigences, puis son amie Noume aux prunelles bleues. Elle explique aussi comment elle a sauvé le loup, et a pu gagner son amitié. L'épisode de sa fuite, au cœur de la nuit, semble impressionner Dent de lion.

— Tu sais tout, à présent ! soupire-t-elle. J'ai quitté mon clan, car Murg est sans pitié. Il aurait tué mon frère loup.

— Yona, propose le garçon, si nous habitions dans cette grotte, celle de Tarak ? Tu m'as dit qu'il y avait deux issues. C'est précieux ! Nous pourrions échapper aux lions et aux ours. Ton chef, ce Murg stupide, ne reviendra pas. Il croit sûrement que tu t'es perdue à jamais dans les entrailles de la terre. Nous serions mieux là-bas, dans cet abri. Ma hutte n'est pas très solide. Nous nous installerons demain. Ensuite, j'irai tuer ces deux lions que tu as vus ! Comme ça, je mériterai enfin de porter ce collier magique.

— Non, proteste-t-elle. D'abord, tu dois tuer trois fauves ! La lionne, ça ne compte pas, elle était jeune et défendait ses petits...

— Qu'est-ce que tu racontes ? interroge Dent de lion d'une voix dure. Un lion est un lion, mâle ou femelle ! Tu as vu mes blessures, j'ai défendu ma vie avec bravoure.

Yona, attristée par la réaction violente de son ami, tente de donner son avis :

— Mais à quoi bon t'entêter à tuer encore des lions ? Tu portes ce collier depuis la dernière saison chaude, et tu prétends qu'il t'a protégé... Tu devrais plutôt te reposer, et quand tu seras vraiment guéri, chasser pour nous deux, comme tu me l'as promis.

Dent de lion grimace. Il se lève.

— Je ne t'ai rien promis ! Je tuerai ces deux lions ! hurle-t-il.

Le loup, qui se méfie encore du garçon, se met à grogner, prêt à bondir. Yona le caresse pour le calmer, mais rien n'y fait.

— Je ne veux plus de ce sale animal dans ma hutte ! ajoute Dent de lion. Il va me sauter dessus ! Où est ma lance ?

— Elle est cassée ! s'exclame Yona qui se lève à son tour. Tu n'auras qu'à en fabriquer une autre ! Viens, frère loup ! Si tu dors dehors, moi aussi.

La fillette ramasse son sac et s'enfuit en courant. Les sanglots l'étouffent. Elle ne comprend pas le caractère de Dent de lion. Quand elle compare le jeune chasseur à son amie Noume, elle a l'impression que l'une fait songer à une belle journée ensoleillée, l'autre à une nuit de tempête...

— Je ne veux plus le voir ! gémit-elle. Cette fois, je ne reviendrai pas. Qu'il aille se battre contre toutes les bêtes de la terre ! Il sera mis en pièces, mais je ne serai pas là pour le soigner...

Yona marche longtemps, avant de s'abriter sous une avancée rocheuse. Le sol est bien sec, car la neige n'y pénètre pas. Épuisée, elle se couche en boule, en serrant le loup dans ses bras.

— Protège-moi, frère loup ! Tu es si gentil de rester là... Et tu as sans doute raison de te méfier de Dent de lion. Je croyais avoir trouvé un ami, c'est faux ! Lui aussi veut te tuer. Ne t'inquiète pas, je ne m'approcherai plus de lui.

7

Le cœur de Yona

L'aurore réveille Yona. Le vallon que sa cachette surplombe est baigné de lueurs roses qui se reflètent sur les étendues de neige. Encore ensommeillée, elle prend le temps de contempler ce paysage radieux.

« Comme il fait doux ! se dit la fillette. Mais où est mon frère loup ? »

Yona est seule. Elle constate aussi qu'elle a oublié son épieu dans la hutte de Dent de lion.

— Je ne pourrai pas chasser avant d'en avoir taillé un autre ! Et j'ai faim, toujours faim.

Un bruit de cailloux qui roulent lui fait lever la tête. Le loup apparaît. Il tient entre ses crocs un gros lièvre blanc, qu'il dépose devant Yona.

— C'est pour moi ? s'étonne-t-elle. Pour nous deux ? Je vais le faire cuire. Merci, frère loup. Tu auras ta part.

— Et moi ? fait une voix grave. Entre amis, on partage, c'est toi qui me l'as dit !

Dent de lion est perché sur une crête de la falaise. L'épieu de Yona à la main, il sourit à la fillette d'un air narquois. Il a ôté ses pansements, et le coup de griffe de la lionne fait une horrible marque sur sa poitrine.

— Tu n'es pas mon ami ! lui crie Yona. Tu es un ennemi, comme Murg et Mummi ! Va-t'en ! Laisse-moi tranquille !

— De là où je suis, ton sale loup fait une bonne cible ! Donne-moi ce lièvre ou je lance cet épieu ! Je suis très habile, je te préviens.

Yona hésite un court instant. Dent de lion est-il vraiment capable de leur faire du mal ? Peut-être qu'il fanfaronne pour l'intimider. Vite, elle prend le lièvre et se met à sauter de rocher en rocher. Le loup la distance rapidement. Les appels de Dent de lion sont inutiles, elle dévale la pente.

— Reviens, Yona ! Reviens !

— Je ne l'écouterai plus ! se promet-elle. Il ne peut même pas me suivre, il n'a pas assez de forces. Et ses plaies vont saigner de nouveau. Ce garçon n'est qu'une tête folle ! Une sale tête folle !

De penser comme la vieille Mummi lui arrache un sourire plein de tristesse. Elle s'apprête à se faufiler sous des noisetiers quand les grondements frénétiques du loup l'arrêtent net. Le fauve se tient à l'entrée d'une petite cavité, tout hérissé.

— Qu'est-ce que tu as senti ? demande Yona en approchant.

Elle s'agenouille et regarde au fond du trou. Deux boules de poils roux sont blotties l'une contre l'autre. Le pelage tacheté se confond avec le sable.

— Ce sont peut-être les bébés de la lionne ! Ils ont l'air très faibles. Ils ne bougent presque plus. Ne leur fais pas de mal, frère loup ! Ils ont faim et soif. Et je ne peux pas les aider.

Les lionceaux, au son de sa voix, tentent de redresser la tête et de feuler. Ils ouvrent avec peine de grands yeux d'un bleu laiteux. Yona s'assied sur ses talons, attendrie, et les caresse du bout des doigts.

— Votre mère ne viendra plus, chuchote-t-elle. La mienne a disparu aussi. Elle s'appelait Madem et elle vous aurait trouvés très beaux.

Un des bébés recule et parvient à téter le doigt de Yona. Il aspire en vain, puis se détourne avec un miaulement plaintif.

— Ils vont mourir ! lance la fillette d'un ton navré.

Au même instant, une main brûlante se pose sur son épaule. Elle pousse un cri de terreur.

Dent de lion se tient près d'elle. Son étrange regard vert, pareil à celui des lions, brille de satisfaction.

— Oui, ils vont mourir ! répète-t-il, et tout de suite. De ma main !

Dent de lion bouscule Yona, afin de s'emparer des lionceaux. Horrifiée, celle-ci s'emporte :

— Tu ne peux pas faire ça ! Ils sont sans défense ! Ce maudit collier t'a rendu fou et méchant !

— Ne te mêle pas de ça, Yona ! Que je tue des fauves adultes ou ces deux bestioles, quelle est la différence ? J'aurai obéi aux lois de mon clan ! J'aurai tué trois lions !

— Non, c'est faux ! Va-t'en !

Furieuse, elle le repousse avec violence. Le garçon, qui s'est épuisé en la poursuivant, bascule en arrière. Yona en profite pour essayer de lui arracher le collier. Le lien de cuir, assez usé, cède d'un seul coup. La fillette tient bon son trophée.

— Voilà ! triomphe-t-elle. Tu n'as plus ton amulette. Tu n'es plus protégé ! Je ne te le rendrai pas. Jamais ! Tu ne le mérites pas, ce collier ! Je le garde !

Dent de lion, stupéfait, ne réagit pas assez vite. Yona s'empare de l'épieu qu'il a lâché, et le pointe en avant.

— Va-t'en, hurle-t-elle ! Tes plaies saignent, tu tiens à peine debout ! Retourne dans ta hutte. Moi, je ne bougerai pas de là.

Le loup se ramasse sur lui-même, dardant ses yeux jaunes sur celui qu'il considère comme un ennemi. Yona le retient par le cou. Tous deux semblent si menaçants que Dent de lion préfère s'éloigner. Après s'être relevé avec difficulté, il commence à se hisser de rocher en rocher.

La colère ravage l'esprit et le cœur de Yona. Elle se promet de ne plus accorder son amitié à un inconnu.

« Il me fait peur ! s'avoue-t-elle. Dent de lion doit avoir perdu la raison. La folie ne se soigne pas. Je ferais mieux de m'en aller le plus loin possible. »

Un cri frêle la fait sursauter. Un des lionceaux rampe vers elle. Yona le prend dans ses bras.

— Si je trouvais une autre lionne, qui aurait elle aussi des petits, peut-être qu'elle vous adopterait... Mais elle m'attaquerait sûrement ! Pourtant, je ne peux pas vous laisser à la merci de Dent de lion, maintenant qu'il connaît cette tanière.

Yona prend le second lionceau. Elle cale les bébés contre sa poitrine, en les tenant d'un bras. Le loup semble se demander s'il s'agit d'un jeu. Il saute autour d'elle.

— Sois sage, petit frère ! Suis-moi.

La fillette erre dans le paysage chaotique de roches et de fossés qui s'étend au pied de la grande falaise. Encombrée de ses protégés, elle se sent moins habile.

« Quel endroit bizarre ! On entend rugir les lions, on ne les voit jamais. Tant mieux, car je ne pourrais pas me défendre. »

Elle déniche après de longues recherches une autre petite cavité, difficile d'accès, et s'y installe. Mais un souci la tourmente. Si elle allume un feu, Dent de lion n'aura pas de mal à la retrouver.

— Eh bien, je mangerai du lièvre cru ! déclare-t-elle. Après tout, les fauves ne font pas cuire leurs proies !

Le loup mange sa part, Yona se montre moins goulue. La viande est dure, saignante, pourtant son odeur fait miauler les lionceaux.

— Je vous ai donné de la neige fondue, mes bébés, vous devez avoir moins soif. Mais vous ne pouvez pas manger du lièvre... Cela vous rendrait malades. Je sais bien ce qui va se passer. Sans le lait de votre mère, vous serez de plus en plus faibles. Si vous vous endormez, vous ne vous réveillerez pas...

Yona soupire, découragée. Elle voudrait posséder des pouvoirs magiques, et adoucir le sort de tous ceux dont elle croise le chemin. Le vieux

Tarak et sa compagne, ces deux lionceaux qui n'ont fait de mal à personne, et Dent de lion. Dix fois déjà, elle l'a imaginé affrontant des fauves monstrueux : le garçon aux yeux verts s'écroulait, déchiqueté, en sang. Il mourait seul, avant d'être dévoré.

— Non ! s'écrie-t-elle, cela ne doit pas arriver... S'il est fou, je dois l'aider. Maman ne l'aurait pas abandonné, elle !

*

Yona est revenue dans le vallon étroit où se dresse la hutte de Dent de lion. Il a fallu pour cela que son frère loup s'éloigne sur la crête rocheuse, en quête d'un nouveau gibier. À regret, la fillette a laissé les deux lionceaux endormis, sachant qu'une hyène pouvait les trouver, ou un autre prédateur.

— Je veux savoir si Dent de lion est toujours vivant ! Si ses blessures cicatrisent...

La lumière décline, le crépuscule sème son ombre grise sur le paysage. Le cœur étreint par l'angoisse, Yona avance aussi silencieusement qu'une bête aux aguets. Un bruit familier lui parvient : de gros sanglots enfantins. Dent de lion est allongé sur sa couche et pleure tout haut.

Stupéfaite, elle approche encore, si près qu'elle distingue des mots balbutiés.

— Mon collier ! se lamente le garçon, elle a pris mon collier ! Yona... Yona ! Rends-moi mon collier ! Je voulais être aussi féroce qu'un lion ! Aussi fort ! Mais je n'aurais pas dû être si méchant avec toi... J'ai perdu la tête, parce que j'étais seul, toujours tout seul.

Yona écoute avec attention. La pitié l'envahit. Sa colère contre le garçon s'envole. Elle n'a plus qu'une idée, consoler Dent de lion.

8

Le temps de l'amitié

Yona observe encore un peu son étrange ami. Avant d'entrer dans la hutte, elle réfléchit une dernière fois :

« Il est malheureux, comme moi quand j'ai perdu maman. Il a vu tout son clan mourir. Je vais le consoler... Peut-être que toutes ces larmes qu'il verse ont emporté sa folie ? »

Elle entre dans la hutte. Le feu est presque éteint. Dent de lion cesse de pleurer. Il a dû entendre le bruit ténu de ses pas. Yona le voit prendre l'épieu et se retourner.

— N'aie pas peur ! s'écrie-t-elle. C'est moi, tu vois bien que c'est moi... Yona ! Je te rapporte ton collier. J'ai mis un solide cordon de cuir, pour remplacer l'ancien. Regarde. Je ne te mens pas !

Elle tend les mains, où repose le collier aux dents de lion. Elle l'a réparé au milieu de la journée, après son repas de viande crue.

— Yona ! s'exclame le garçon, ébahi. Comme tu as bon cœur ! J'ai été cruel et brute avec toi. Mais j'étais si triste, après...

— Reprends ton collier ! répond-elle en riant.

Il obéit avec un immense soulagement. Yona l'observe tandis qu'il attache le lien de cuir sur sa nuque. Elle remet un peu de bois dans le feu. À cet instant précis, Dent de lion, assis en face d'elle, roule des yeux épouvantés. Il reste bouche bée, comme pétrifié. Puis il souffle d'une voix tremblante :

— Yona, nous sommes perdus !

La fillette se retourne doucement et scrute la pénombre environnante. Deux énormes lions avancent vers la hutte, tous leurs muscles frémissants. Un rictus affreux découvre leurs gueules où luisent des dents jaunes. Leur queue fouette le sol, soulevant des gerbes de neige.

— Ils vont foncer sur nous ! murmure Dent de lion.

— Le feu ! dit tout bas Yona. C'est notre seule chance.

Sans attendre la réponse de son ami, Yona commence à jeter sur les flammes toute la réserve de bois. Cela donne un véritable brasier qui ronfle et crépite. Les lions s'immobilisent, mais ils se lancent dans un concert de rugissements. Ces feulements sauvages ont de quoi glacer le sang.

— Encore, crie Yona. Il faut brûler autre chose... Ta fourrure d'ours, vite !

Dent de lion ne discute pas. Il fait ce que lui dit Yona. Le feu prend bientôt de telles proportions que le toit de la hutte s'enflamme.

— Nous allons être grillés vivants ! hurle le garçon.

— Mais non, les lions ont reculé... Nous n'avons qu'à sortir et grimper sur les rochers.

Ils attendent un peu, la chaleur les fait suffoquer. Puis, après avoir échangé un coup d'œil complice, ils se prennent par la main et se ruent à l'air libre. Les lions continuent à rugir de fureur. Yona et Dent de lion escaladent les grosses pierres, qu'une fine couche de neige rend glissantes. Mais, dans leur désir éperdu de survivre, ils s'en moquent. Parvenus sur un replat semé de galets, ils s'arrêtent pour reprendre leur souffle.

— Tu vas voir ! dit tout à coup le garçon. Je vais chasser ces monstres ! Ils m'ont fait une telle peur, je ne peux pas les laisser filer comme ça.

Dent de lion ramasse des cailloux. Il commence à les jeter de toutes ses forces sur les fauves. La précision de son tir émerveille Yona. Chaque galet fait mouche, si bien que les lions tournent sur eux-mêmes en cherchant l'ennemi invisible qui les tourmente.

Yona frappe dans ses mains. Elle a éprouvé une terrible frayeur, et à présent elle se met à rire.

— Tu es vraiment un chasseur de lions ! s'exclame-t-elle.

— Ces balourds n'ont rien dans la tête ! réplique-t-il, heureux de ce beau sourire qui illumine Yona. Il suffit de les agacer, de les provoquer, et ils foncent comme des rhinocéros [1], n'importe où !

Elle plisse le nez, perplexe :

— Ce sont quand même des tueurs ! Les plus rusés, les plus puissants ! Nous ne pourrons pas nous installer dans l'abri du clan des petites dents, avec ces lions qui rôdent.

— Bien sûr que si, assure Dent de lion, je les ai observés. Je sais où sont leurs tanières. Nous dresserons une palissade de pieux, comme faisait mon clan. Et puis, quand ils ont le ventre plein, ces monstres passent leur temps à dormir !

Yona sautille d'un pied sur l'autre. D'un ton distrait, elle demande :

— Et où se trouvent leurs tanières ?

— Je te le dirai demain. Je n'ai plus de hutte, elle part en fumée ! Nous devons nous abriter ailleurs.

1. Rhinocéros laineux de l'ère glaciaire.

— Alors suis-moi ! s'écrie-t-elle. Mais tu dois me promettre d'être gentil ! Avec les bébés lions et mon frère loup !

Dent de lion fronce les sourcils. Il hésite un peu puis soupire :

— J'en fais le serment ! Et un chasseur de lions ne trahit jamais sa parole.

*

Yona et Dent de lion ont dormi dans la cachette des lionceaux. Le loup les a retrouvés à l'aube, mais il s'est couché sous un arbre mort, comme s'il refusait d'approcher le garçon et les deux petits fauves. En se réveillant, la fillette est toute surprise de constater que les bébés sont encore vivants. Dent de lion n'a pas trahi sa promesse, mais il n'a accordé aucune attention aux protégés de Yona.

— Regarde, Dent de lion, comme ils sont mignons ! Si petits, si fragiles ! S'ils survivent, ils deviendront de grosses bêtes dangereuses, mais, là, à les voir si faibles, ils me font de la peine.

Yona se tait, les larmes aux yeux. Assis à son côté, Dent de lion fixe de son regard vert les deux boules rousses, qui lèvent sur lui des prunelles voilées.

— Prends-les sur tes genoux, lui dit Yona. Leur poil est si doux, et ils cherchent à téter les doigts.

— Non, je ne peux pas ! proteste-t-il. Ne me demande pas ça. Je déteste tous les lions, même ceux-là. Ton loup aussi, je crois...

D'un ton persuasif, Yona reprend :

— Frère loup ne comprend pas. Depuis hier, il sent sur moi l'odeur des lionceaux. Mais toi, tu sais ce qui s'est passé. Tu n'as pas à les détester ! Dis, tu n'as pas pitié d'eux ? Moi, je les admire, parce que si petits ils s'accrochent à la vie ! Ils n'ont plus de mère, comme nous ! Tu imagines combien elle doit leur manquer, la lionne que tu as tuée ? Eux, ils ne veulent que grandir, manger à leur faim ! Touche-les, je t'en prie.

Bien décidée à convaincre son ami, Yona soulève les deux animaux, un dans chaque main, et les dépose sur les genoux de Dent de lion.

— Oh non ! bredouille-t-il. Yona, ôte-les de là !

— Enlève-les toi-même ! raille-t-elle. Ils ne vont pas te manger.

Dent de lion pousse un gros soupir. Ses mains hésitent puis effleurent le pelage des bébés. Il fait le geste de les repousser, mais ses doigts s'attardent à caresser les petits corps tièdes. L'un des lionceaux attrape dans sa gueule édentée le pouce du garçon qui aussitôt éclate de rire.

— Ça chatouille ! pouffe-t-il. Tu as vu, Yona, il se blottit contre moi.

— C'est agréable, n'est-ce pas ? interroge-t-elle. Quand je dors près de frère loup, je n'ai jamais froid, ni peur. Ceux de mon clan se privent de cette joie, ils pensent que c'est impossible d'être ami avec un animal ! Tu ne vas pas te montrer aussi stupide qu'eux !

Dent de lion semble songeur. Maintenant, il câline les lionceaux, les soupèse, frotte son nez contre leur museau rose.

— C'est vrai qu'ils sont jolis ! Et tout petits ! Ils pèsent moins lourds qu'un rognon de silex ! Tu as raison, je ne pourrai plus les tuer.

— De toute façon, ils vont mourir ! murmure Yona.

— Non ! s'écrie le garçon, il faut les sauver. Tu n'as pas une idée, ou un remède dans ton sac de guérisseuse ?

Yona prend la main de Dent de lion et la serre très fort. Elle est si contente de le voir sourire, de l'entendre parler sans colère.

— Tu m'as dit que tu savais où étaient les tanières des lions. Mais as-tu vu une autre femelle ? Une lionne qui aurait des petits accepterait peut-être ceux-là... Écoute, ce n'est sans doute pas si dur ! On les pose à l'entrée et on s'enfuit.

Dent de lion a une moue sceptique. Puis son visage s'éclaire :

— Il faut essayer ! déclare-t-il. Mais j'irai seul, c'est trop dangereux. Toi, pendant ce temps, tu iras allumer notre feu dans l'abri du vieux Tarak.

Le terme « notre feu » réjouit Yona. Elle se dit, enthousiaste, qu'avec son frère loup et Dent de lion, ils formeront un clan, un tout petit clan, mais c'est déjà mieux que de vivre seul. Cependant, un doute vient balayer sa joie. Elle demande :

— Je peux te faire confiance ? Tu vas vraiment porter les bébés devant une tanière de lionne ? Tu ne leur feras pas de mal, quand je ne serai plus là ?

Un éclat de colère brille dans le regard vert de Dent de lion. Il serre les lionceaux contre lui, à la place même où sous la tunique de cuir suintent encore les plaies faites par leur mère.

— Yona ! Je t'ai promis... Écoute, si je réussis à sauver ces bestioles, je t'emmènerai les voir, bientôt... Je veux être ton ami. Tu crois sans doute que je suis une tête folle, mais non. Je te le prouverai !

Sur ces mots, le garçon s'éloigne. D'une main il brandit l'épieu, de l'autre il maintient sur sa poitrine les petits fauves. Yona le suit longtemps du regard, avant de partir de son côté. Le loup lui emboîte le pas. La fillette le caresse en chuchotant :

— Je voudrais que tu acceptes mon ami Dent de lion, frère loup. Il n'est pas méchant du tout, au fond. Je crois même qu'il a très bon cœur.

9

Dent de lion

Dako et Madem ont appris à leur fille à se repérer dans un paysage que la neige recouvre durant d'interminables mois. Ils lui ont enseigné l'art d'observer le moindre détail, un arbre mort, un rocher à la forme particulière, l'orientation d'un éboulis ou d'un sentier de bête. Yona n'a donc aucune difficulté à retrouver l'abri de Tarak. En y pénétrant, elle éprouve une agréable sensation de sécurité.

— Je suis chez moi, ici ! J'ai un foyer, comme avant.

Le loup erre de-ci de-là, humant le sol. Soudain, il se précipite vers une anfractuosité[1] de la paroi et commence à laper avec avidité.

— Tu as trouvé de l'eau ! s'étonne-t-elle en le

1. Cavité profonde et irrégulière.

rejoignant. Mais oui, il y a une source ! Je n'aurai pas besoin de faire fondre de la glace.

Yona saute sur place, tant cette découverte la ravit. Elle se hâte ensuite d'arranger les pierres qui entourent l'emplacement du feu. Les gestes que toutes les femmes du clan connaissent lui reviennent. Elle casse des branches de genévrier, afin de nettoyer le sol, jonché de cailloux et de débris. Puis elle amasse des lichens, des brindilles, sur le lit de braises froides.

— La compagne de Tarak était trop malade pour veiller à la propreté de l'abri ! marmonne la fillette. J'espère que mon père les a recueillis et qu'il les traite bien. Et qu'a bien pu leur dire Mummi ? Je suis sûre que ma Noume leur a souri, et discute avec eux, elle est si douce. J'aimerais lui raconter tout ce qui m'arrive...

L'entrain joyeux de Yona l'abandonne. Tant d'images l'assaillent : la face triste de Dako, son père, le visage rond et rose de Noume, les lumières des lampes à huile, se reflétant sur la voûte rocheuse. Du bout du cœur, elle retrace aussi les traits harmonieux de la belle Madem.

— Mon clan ! Ma famille... Maman... J'étais si heureuse, avant !

Les larmes inondent ses joues, tandis qu'elle s'agenouille et choque entre eux sa pierre à étincelles et un morceau de silex. Cette besogne l'aide à se calmer. Elle renifle encore un peu, puis elle murmure :

— Je dois les oublier, tous ! Je les ai quittés. Je vivrai quelques jours ici, avec Dent de lion, ensuite nous partirons.

Une flammèche apparaît. Yona s'empresse de souffler dessus. Très vite, un feu crépite. Le loup bondit en arrière.

— N'aie pas peur ! Tu dois t'habituer. Reste près de moi, je t'en prie.

Yona se sent étrangement seule, assise au milieu de la caverne. Elle songe aux galeries du monde des ténèbres qui s'ouvrent dans son dos, et une crainte nouvelle l'envahit.

— Maman traversait la falaise pour rendre visite à Tarak ! Pourquoi Murg ne trouverait-il pas le passage qu'elle empruntait ? Si jamais il arrivait ? Avec mon père ?

Elle ose s'avouer la vérité. Ne serait-elle pas soulagée de voir les chasseurs de son clan surgir de l'ombre ? Ils viendraient la chercher, non pas comme une coupable, mais comme leur guérisseuse, un personnage respecté et indispensable.

« Ce n'est qu'un rêve ! se dit-elle. Si le grand Murg venait jusqu'ici, il tuerait mon frère loup et il me tuerait aussi. Je le dérangeais, avec mes idées différentes des siennes. Oh ! Pourvu que Dent de lion revienne vite ! »

À la nuit tombée, Dent de lion n'est toujours pas là. Yona souffre de la faim et surtout de la peur. Son anxiété devient si forte qu'elle n'ose plus bouger.

— Dans la petite grotte où je t'avais caché, souffle-t-elle au loup, je me sentais comme au creux d'un nid, mais, là, c'est trop vaste pour moi ! Il y a trop de noir et de bruits étranges.

Yona se recroqueville davantage, assise contre les pierres du foyer. Le vent du nord s'engouffre dans le défilé rocheux avec des hurlements sinistres. Des chauves-souris volettent, passant parfois au ras des cheveux de la fillette. Le loup aussi paraît inquiet. Il fixe les ténèbres, grogne, s'agite.

— Que fait Dent de lion ? gémit-elle. Et s'il était mort, par ma faute ! C'est pour moi qu'il a décidé de chercher une tanière de lionne. Il a pu être attaqué, déchiqueté !

Soudain éclate au loin un concert de rugissements. Ces grondements rauques, vibrants, pénètrent l'esprit de Yona et la changent en une créature accablée de terreur.

— Ils vont entrer et me dévorer ! se plaint-elle. Je dois prendre un tison enflammé et me réfugier dans une des galeries.

Mais à l'idée de se lever, de marcher vers ces puits d'obscurité où elle imagine des animaux fantastiques encore plus dangereux que les lions, elle se tasse sur elle-même en sanglotant. Au même instant, des cailloux roulent en bas de l'éboulis qui monte à la caverne. On dirait une bête qui marche sans hâte, certaine de sa puissance.

— Oh non ! renifle Yona. Non, maman, aide-moi.

Elle entoure le cou du loup de ses bras. Le fauve grogne très fort, faisant claquer ses canines. De ses pattes griffues, il gratte le sol de l'abri.

— Mon frère loup ! Protège-moi. Non, sauve-toi, tu ne peux rien contre un lion ! Je vais me mettre debout et m'enfuir, je vais le faire...

Cependant, Yona continue à frissonner, incapable de réagir. La panique l'a envahie tout entière, détruisant son énergie et son courage. Elle ferme les yeux, pour ne pas voir la mort fondre sur elle. Le loup échappe à son étreinte et bondit en avant.

— Non ! hurle Dent de lion. Yona ! C'est moi !

En voyant le loup bondir sur son nouvel ami, Yona reste d'abord muette de stupeur. Son cœur bat à grands coups. Les pensées se bousculent dans son esprit, à une vitesse folle, entre la joie et l'horreur : « Dent de lion est revenu ! Je le croyais mort ! Mais frère loup l'attaque... Ils vont s'entretuer ! »

Déjà le garçon aux yeux verts, effrayé par la férocité du loup, tente de le repousser à coups d'épieu. Cette vision arrache Yona à sa torpeur.

— Frère loup ! Arrête ! hurle-t-elle. Laisse-le !

D'un bond, elle se lève et vole au secours de Dent de lion. Sans penser un instant que le fauve peut se retourner contre elle, Yona l'attrape par le cou et le tire en arrière.

— Non ! crie-t-elle. Calme-toi ! Laisse-le !

Le loup continue à grogner, mais il se couche aux pieds de la fillette. Dent de lion se tient le bras gauche, qui saigne abondamment.

— Oh ! Il t'a mordu ! dit-elle. Je suis désolée ! Il a dû sentir à quel point j'avais peur ! J'étais terrifiée, toute seule dans cette caverne. Il y avait des bruits bizarres, des chauves-souris partout. Et tu n'arrivais pas !

Le garçon grimace de douleur. Yona s'attend à une crise de rage, à des reproches pleins de colère, mais Dent de lion se contente de marcher jusqu'au feu et de s'asseoir.

— Dent de lion ! murmure Yona, qu'est-ce que tu as ? Ne sois pas fâché, je t'en supplie. Frère loup voulait juste me défendre !

— Je sais, répond-il. Cela prouve qu'il t'aime. Mais j'étais si content ! Je montais les éboulis en fixant la clarté des flammes, et j'étais pressé de te voir, de discuter avec toi. Maintenant je suis furieux, parce que ton loup a voulu m'égorger !

— Non, je ne crois pas ! réplique-t-elle. Sinon, il t'aurait tranché la grosse veine du cou tout de suite. Il n'a pas osé... Je t'en prie, calme-toi.

À la fois heureuse et contrariée, Yona nettoie la plaie de Dent de lion. Dans l'espoir de réconforter son ami, elle déclare :

— Dans mon clan, on prétend qu'un chasseur qui porte beaucoup de cicatrices montre ainsi qu'il est brave et audacieux ! Toi, tu en auras tellement que tu seras toujours respecté.

Dent de lion esquisse un petit sourire de fierté. Puis il explique :

— Si je reste avec toi, Yona, tu dois faire comprendre à ce loup que je ne suis pas un renne à dévorer... Je n'ai qu'une envie, le transpercer de part en part !

Elle hoche la tête, les lèvres pincées. Il n'y a qu'un moyen de réconcilier ses deux compagnons, leur apprendre à se connaître. Comment y parvenir ? Yona cherche une solution. Après un temps de silence, elle affirme d'un ton véhément :

— Je ne peux pas l'obliger à t'accepter. C'est toi qui peux le faire. Tu devras lui parler souvent, le caresser, lui donner de la nourriture. Petit à petit, il s'habituera à toi.

— Lui donner à manger, sûrement pas ! rétorque le garçon. Il chasse très bien tout seul !

Yona termine de panser la plaie de Dent de lion. Le loup a observé tous ses gestes, un éclair inquiet dans le regard.

— Soyez sages, vous deux ! plaisante la fillette. Nous avons le ventre creux, mais un bon feu. Demain, nous trouverons bien de quoi faire un repas.

Une question obsède Yona, mais elle retarde le moment de la poser. Dent de lion, lui, semble décidé à garder le silence. Cette situation pourrait durer encore longtemps. Cependant, au loin, s'élèvent des rugissements. Leur écho court le long des falaises. Yona frissonne. Tout bas, elle avoue à son ami :

— Je n'aime pas ça ! Écoute, on dirait que les lions sont en colère, très en colère.

10

Les plumes blanches

Les lions rugissent encore pendant un long moment, mais aucun ne vient rôder près de l'abri. Yona et Dent de lion, rassurés, se sourient. La fillette ose enfin demander :

— Au fait, et les bébés lions ? Puisque tu étais content, en rentrant ici, c'est qu'ils sont encore vivants ?

— Oui ! clame son ami, très fier. J'ai réussi. J'ai parcouru les vallons voisins, en me faisant aussi discret que la perdrix blanche, dont je porte les plumes. J'ai trouvé une tanière où habite une lionne. Elle n'avait qu'un nourrisson. C'est assez rare... J'ai attendu qu'elle s'endorme, et, là, je me suis approché et...

Yona boit les paroles du garçon qui s'interrompt, satisfait de son effet. Il reprend, d'une voix plus claironnante :

— Et j'ai déposé les lionceaux près d'elle.

C'était risqué ! Elle pouvait se réveiller et me charger. Mais non... J'ai pu reculer, pour rejoindre mon poste d'observation. Sais-tu, Yona, que parfois les lions mâles dévorent les petits qui les gênent ?

— Non ! Je ne connais rien à ces bêtes ! avoue-t-elle, subjuguée.

— C'est pourtant la vérité ! Heureusement, cette lionne était seule. Dès que les bébés ont miaulé de faim, elle a ouvert un œil et s'est jetée sur eux !

— Oh ! fait la fillette, toute pâle.

Elle n'ose pas imaginer la suite, croyant que son nouvel ami lui a encore joué un mauvais tour.

— Ne crains rien, Yona ! Elle les a pris par la peau du cou, chacun leur tour, et les a couchés près de son rejeton. Ensuite, ils ont tété ! Voilà ! Ils sont sauvés ! Es-tu contente ?

Yona rit en silence. Pourtant, les mains nouées sur sa poitrine, elle paraît près de pleurer de soulagement.

— Merci, Dent de lion ! Tu es très courageux, et rusé comme le renard, et loyal. Je voudrais avoir un frère qui te ressemble.

Il approuve, l'air grave, puis lui répond avec douceur :

— Et moi, je veux bien de toi pour sœur, Yona.

*

Plusieurs jours se sont écoulés. Yona et Dent de lion vivent toujours dans l'abri de Tarak. Le loup ne s'approche pas souvent du garçon, mais il s'est accoutumé à sa présence. Leur existence est rythmée par les sorties dans le vallon, pour piéger du petit gibier et ramasser du bois. Le fauve chasse de son côté.

Ce matin-là, Yona, qui gratte la neige sous un bosquet de noisetiers, s'aperçoit que de minuscules plantes percent le sol.

— La saison chaude s'annonce ! s'exclame-t-elle, bouleversée. Encore une lune et je reverrai les fleurs jaunes qui poussent au creux des roches ! Elles sentent si bon... Mon amie Noume les accrochait dans ses cheveux, et ma mère en décorait notre grotte. Elle suspendait de petits bouquets partout. J'aimerais tant avoir de belles peaux de rennes, que l'on tend sur des perches pour délimiter l'espace de chacun. C'était comme ça, dans la grande caverne de mon clan !

La voix de Yona a faibli. Dent de lion, qui l'a écoutée avec attention, lui demande d'un air soucieux :

— Tu es triste, n'est-ce pas ? Je t'ai entendue pleurer cette nuit, et la nuit d'avant aussi. Pourquoi as-tu tant de chagrin, petite sœur ?

— Je ne peux pas m'en empêcher, répond-elle. Dès qu'il fait nuit et que j'essaie de dormir, je pense à ma mère, à mon père Dako, à Noume... et les larmes se mettent à couler, mon cœur se serre très fort. J'aimerais bien, parfois, rentrer à la grande caverne, mais ce n'est qu'un rêve ! Mummi et le grand Murg ne m'aiment pas, ils me veulent du mal.

Dent de lion réfléchit un court instant, puis il déclare, un peu triste :

— Alors tu n'es pas heureuse avec frère loup et moi ?

La fillette s'empresse de protester :

— Mais si, je t'assure ! Je ne sais pas ce que je serais devenue sans toi. Tu es fort et courageux, Dent de lion. Quand la nuit tombe, je n'ai pas peur, parce que tu es là... Je me demande souvent comment tu as pu vivre seul pendant plusieurs lunes ! Ceux que tu aimais devaient tant te manquer !

Le garçon ferme à demi ses yeux verts. Il ramasse un galet qu'il lance au loin, comme pour frapper un ennemi invisible.

— J'avais presque perdu la raison, quand tu m'as trouvé blessé près de ma hutte ! soupire-t-il. Je n'avais plus qu'une idée en tête, mériter le collier que je portais au cou... en tuant trois fauves.

C'est comme ça que j'ai découvert l'endroit où habitaient Tarak et sa compagne. Je crois que j'aurais essayé de vivre avec eux, si cette lionne ne m'avait pas attaqué.

Yona tapote amicalement l'épaule de son ami. Elle promet tout bas :

— Je vais lutter contre ce chagrin qui me ronge le cœur, Dent de lion ! Et bientôt, nous partirons vers les montagnes tous les deux. Peut-être que, là-bas, nous trouverons un clan qui nous acceptera.

— N'importe quel clan serait content de t'accueillir ! s'écrie le garçon. Tu es une très bonne guérisseuse, et ton savoir est précieux. Et tu as le pouvoir de rendre meilleur. J'en sais quelque chose ! J'étais si content de moi en sauvant les lionceaux...

La fillette sourit, émue par ces paroles. Puis ils reprennent en silence le chemin de leur abri. Le loup trotte près de Yona, en quémandant parfois une caresse. Dent de lion ferme la marche, songeur...

Le lendemain, Yona se réveille bien après le lever du jour. Le loup est assis près d'elle et la fixe d'un regard impatient. De l'autre côté du feu, garni de bois humide, la couche de Dent de lion est vide. La fillette se lève précipitamment et court jusqu'à l'entrée de l'abri. Le vallon est désert.

— Mais où est Dent de lion ? s'étonne-t-elle. Il ne part jamais sans moi. Dès qu'il ouvre l'œil, il m'appelle !

Le loup dévale l'éboulis de cailloux et commence à fureter. Yona, plus surprise qu'inquiète, revient près du foyer, dont la fumée épaisse lui pique les yeux. Un détail l'intrigue.

— Dent de lion a fait exprès de mettre du bois mouillé. Il ne voulait pas que les flammes soient trop hautes.

Yona souffle sur les braises. Son cœur cogne, prêt à s'affoler. Elle a l'étrange impression d'avoir été abandonnée.

« Non, il n'a pas pu faire ça ! se dit-elle. Dent de lion est mon ami, mon frère ! »

Assoiffée, la fillette va boire à la source. Ensuite, elle prend un peu de viande fumée dans leur réserve, une cache qu'ils ont creusée dans le sol et tapissée de pierres plates.

— Il va revenir ! se répète-t-elle. Je n'ai qu'à l'attendre ici. Il m'expliquera ce qui s'est passé... Frère loup aussi a disparu. Il chasse, sans doute. Dent de lion aussi, je crois. Voilà, il a voulu me faire plaisir, en rapportant un plus gros gibier. Nous ne mangeons que des oiseaux et des rongeurs, comme le clan des petites dents !

Cette pensée lui arrache un sourire. Suffirait-il d'habiter à deux cette caverne pour se contenter de si peu ?

— Un clan où les chasseurs sont nombreux peut se réjouir ! constate-t-elle. Les bisons, les rennes et les ours nous fournissent de belles peaux, de chaudes fourrures. Que ferons-nous au retour du grand froid ?

Soudain, Yona n'a plus d'appétit. Elle laisse la viande qu'elle grignotait sur une pierre bordant le feu. Elle n'a pas osé se confier à Dent de lion.

« Nous ne pourrons jamais, à nous deux, chasser de grosses bêtes ! songe-t-elle. Nous serons obligés de vivre au fond des grottes, dans les galeries sombres. Et un jour, un ours ou un lion réussira à nous tuer. Lui ou moi. Le survivant sera condamné... »

Yona se met à pleurer. Mais personne n'est là pour la consoler, ni son frère loup ni Dent de lion.

*

La nuit assombrit déjà le vallon. Yona a attendu en vain le retour de Dent de lion. Elle est restée assise près du feu, à observer la course des nuages. Après des jours de soleil et de vent froid, le temps a changé. Avec le crépuscule, un blizzard glacé a déferlé, apportant des rafales de neige. Malgré sa veste fourrée, Yona grelotte.

— Mais où est Dent de lion ? gémit-elle. Et frère loup ?

La disparition de ses deux compagnons la plonge dans une profonde détresse. L'absence de son ami lui paraît inexplicable, celle du loup la surprend moins.

« Dent de Lion a-t-il décidé de chasser un cheval ou un cerf ? se demande-t-elle. Pour me faire plaisir ? Parce que je regrettais les tentures du clan ? Ou bien sa folie l'a repris, et il a été s'en prendre aux lions... Non, il est vraiment guéri, il y a autre chose. Mais quoi ? »

Yona met une souche de saule dans le feu et, toujours frissonnante, elle s'allonge sur la maigre peau de renne qu'elle a conservée. Son regard se pose alors sur un bout de plume blanche. Fébrile, elle l'attrape et l'ornement entier de Dent de lion se retrouve entre ses doigts.

— Oh ! s'écrie-t-elle. Sa parure de plumes ! Que fait-elle là ? Il avait dû la poser près de moi, et en me levant, je l'ai enfouie sous ma couche, sans la voir.

Cette découverte l'attriste, car elle est persuadée qu'il s'agit d'un cadeau d'adieu.

— Jamais Dent de lion n'a ôté ceci de ses cheveux ! Il a voulu me laisser un message. Me donner ce qu'il aimait. C'est sa mère qui avait assemblé ces plumes, il y tenait beaucoup. Il est parti à cause de moi ! Il ne voulait plus m'entendre pleurer... Il a cru que j'étais trop malheureuse ici. Oh non, il ne fallait pas t'en aller, Dent de lion ! Que vais-je devenir sans toi ?

11

Vers les montagnes

Désespérée, Yona enfouit son visage ruisselant de larmes dans ses bras repliés. Des nuées de flocons pénètrent dans l'abri, tandis que des rideaux de neige drue noient tout le paysage.

— Maman ! sanglote la fillette. Je voudrais que tu reviennes... Que tu me ramènes à la grande caverne. Personne n'oserait s'opposer à toi ! Maman...

Le bruit d'une respiration la fait sursauter. Elle se redresse. Dans la lueur orange des flammes, le loup se tient immobile, haletant. Son rude poil gris est constellé de gouttes d'eau.

— Frère loup ! crie Yona. Toi au moins tu reviens !

Le fauve se couche près d'elle. Il semble repu et paisible. Yona se cramponne à lui, éperdue de soulagement.

— Je ne sais pas où s'est enfui Dent de lion ! balbutie-t-elle. Il était comme les autres, il ne voulait pas de nous. Mais toi, tu es un vrai ami, un véritable frère, fidèle et affectueux. Demain, je m'en irai. Cette fois, personne ne m'empêchera d'atteindre les montagnes.

*

Dent de lion n'a pas trouvé aussi vite qu'il l'espérait le chemin de la grande caverne dont Yona lui a tant parlé. Après une nuit passée à s'abriter de la tempête de neige sous un énorme rocher, il se tient aux aguets près du vaste porche qui surplombe la rivière. De sa cachette, le garçon peut voir les eaux boueuses, semées de plaques de glace, qui s'engouffrent sous la voûte en grondant.

« Cet homme, assis sur une grosse pierre plate, c'est sûrement Manoo le guetteur ! » se dit-il.

L'odeur familière de plusieurs feux lui parvient, comme celle des peaux tannées que l'on sèche à la fumée, celle de la viande grillée. Ces senteurs mêlées sont le souffle même d'un véritable clan, composé de plusieurs familles. Des souvenirs envahissent Dent de lion. Avant la fièvre qui a décimé les siens, il vivait heureux entre son père et sa mère. Il y avait les grandes chasses d'été, les expéditions vers le fleuve infini, dont le rivage offrait aux femmes de si beaux coquillages.

— Je comprends mieux Yona, à présent, soupire-t-il. Elle souffre de ne plus partager cette vie-là. On se sent tellement en sécurité parmi les siens.

Dent de lion hésite à descendre la pente sur laquelle il s'est réfugié. Quel accueil lui réservera-t-on ? Soudain, il aperçoit une silhouette courbée par l'âge, un vieil homme qui porte une natte grise.

— Mais on dirait le vieux Tarak ! Il me reconnaîtra, lui ! Il pourra même me défendre contre Mummi et Murg !

Sans plus réfléchir, Dent de lion s'élance. Il a pris soin de se présenter sans épieu. D'une voix claire et nette, il crie :

— Ohé ! Tarak ! Je viens ici en ami !

Manoo le guetteur bondit sur ses pieds, sa lance à la main. Tarak se retourne et scrute celui qui court vers la grande caverne. En quelques instants, le clan tout entier se précipite, car l'arrivée d'un inconnu fascine et intrigue. Dent de lion se retrouve vite cerné par une vingtaine de faces méfiantes.

— Je suis Dent de lion ! clame-t-il. L'ami de Yona, votre guérisseuse !

Noume, debout derrière son père, s'avance aussitôt.

— Comment va-t-elle ? ose-t-elle demander.

— Bien ! affirme le garçon. Toi, tu dois être Noume. Je le devine à tes yeux bleus, à ton sourire. Yona a toujours ton nom aux lèvres.

Le grand Murg pousse une sorte de rugissement puis il crie :

— Silence ! Je suis le chef et tu me dois le respect. D'où viens-tu, toi ? Tu as le regard d'un fauve prêt à l'attaque.

Dent de lion cligne des paupières en riant. Il montre son collier :

— J'appartenais au clan des chasseurs de lions ! Je ne vous veux aucun mal ! Où est Dako ? Le père de Yona !

Dako s'apprête à avancer vers le jeune garçon, mais, à cet instant, des piaillements furieux résonnent. Mummi approche, soutenue par deux femmes.

— Menez-moi donc auprès de cet étranger ! Je saurai tout de suite si l'Esprit de la terre est avec lui ou contre lui.

Chacun s'écarte pour laisser le passage à la chamani. Celle-ci, éblouie par la pâle clarté de l'aube, étudie longuement la physionomie du nouveau venu, puis elle hoche la tête d'un air malin.

— Je consens à t'écouter, petit ! déclare-t-elle. Tu me plais. Ces cicatrices qui ornent ta poitrine sont la plus belle des parures. Tu me sembles un fameux chasseur !

— Oh oui ! s'exclame Tarak d'une voix chevrotante. Ce garçon aux yeux verts nous a sauvés, ma compagne et moi. Souvenez-vous, je vous ai raconté cette histoire ! Deux gros lions nous menaçaient, et il les a provoqués, afin de les attirer loin de notre abri.

Une rumeur admirative parcourt le groupe. Dako en profite pour interroger Dent de lion.

— Tu affirmes que ma fille est encore vivante ! Je la pensais égarée à jamais dans le monde des ténèbres ! Morte de faim et de soif.

Le vieux Tarak se tord les mains. Il avoue bien haut :

— Pardonne-moi, Dako ! Moi, je sais que Yona est en vie. Mais elle m'a supplié de ne pas en parler. Elle redoute le retour de Murg.

— Eh oui ! ajoute Dent de lion. Le grand Murg a jeté une lance sur Yona. Elle a donc sagement préféré se tenir à l'écart des siens. Mais je suis venu jusqu'ici pour discuter avec votre chamani, Mummi ! Yona est malheureuse. Elle pleure, la nuit, car son clan lui manque. Regardez mes blessures... Elle les a soignées, elle m'a guéri de la fièvre qui me rongeait et aussi de ma folie. Yona est une très bonne guérisseuse.

La compagne de Tarak se manifeste. Elle explique à tous :

— C'est la vérité. Yona m'a fait boire une tisane. Je n'ai plus eu ce feu dans la poitrine qui me dévorait. Ses mains ont le pouvoir d'ôter la douleur !

Une femme se met à crier :

— Ils disent vrai ! Pourquoi Yona nous a-t-elle quittés ? Mon enfant tousse ! Il faut qu'elle revienne !

Un concert de voix retentit :

— Oui, Yona doit revenir ! Mummi est incapable de nous soigner ! Même si elle prétend le contraire.

Les plaintes fusent. L'un évoque son genou raide, l'autre un élancement dans le ventre. Dent de lion n'espérait pas un tel retournement de situation. Très vite, il continue son discours :

— Yona s'est enfuie pour sauver le loup. Oui, celui qu'elle appelle son frère. Eh bien, je peux vous dire que cet animal chasse pour Yona, et se laisse caresser. Même moi, Dent de lion, je ne voulais pas l'approcher, j'en avais peur, mais maintenant je peux jouer avec lui et il se montre amical. Je ne parviens pas à croire que vous soyez tous aussi stupides que moi !

Plusieurs hommes s'allient pour assurer qu'ils ne craignent pas un loup. Manoo le guetteur va jusqu'à dire :

— Moi, j'aurais bien voulu voir cette bête de près, la toucher, justement ! Je ne suis pas stupide !

Dent de lion approuve d'un sourire. Il fixe Mummi droit dans les yeux en concluant :

— Si votre chamani accepte la présence du loup, Yona vivra de nouveau parmi vous. Et la joie sera dans son cœur.

Dako pousse un cri enthousiaste. Il prend Dent de lion dans ses bras et le serre contre lui :

— Si tu m'aides à ramener Yona ici, tu seras mon fils ! Elle me manque tant.

Mummi est fatiguée. Elle aspire à retrouver le confort de son repaire, son nid de fourrures épaisses. Depuis le départ de la fillette, un bébé est mort d'étouffement et elle-même souffre. Ses vieux os réclament un onguent dont seule Madem connaissait le secret. La chamani n'a plus qu'une envie, se reposer et ne plus entendre les reproches de son clan.

— Jeune Dent de lion ! déclare-t-elle. Va chercher Yona ! Tu lui diras que son loup peut vivre parmi nous. Toi, Murg, tu as eu tort de vouloir tuer cette fille qui possède un tel savoir ! Tu n'es plus notre chef. C'est Dako qui veillera sur le clan. Mummi a décidé. C'est ainsi, vous m'entendez. Dako est votre nouveau chef !

Personne ne proteste, même pas Murg. Beaucoup se mettent à crier leur accord, en scandant le nom de Dako. Noume cache mal sa joie. Elle frappe des mains en sautant sur place. Ébahi par la victoire qu'il vient de remporter, Dent de lion affiche un sourire qui ressemble à une grimace. Il assiste d'un œil moqueur à la rage impuissante du grand Murg. Le chasseur brise sa lance en deux et, suivi de sa femme et de ses fils, il regagne son foyer en maugréant. Mais on ne discute pas les décisions de la chamani.

— Mettons-nous en route, s'écrie Dako. J'ai hâte de revoir ma fille.

— Est-ce que je peux vous accompagner ? implore Noume.

— Si ton père accepte, je veux bien ! répond Dako, le visage radieux. Mais d'abord, offrons un repas à Dent de lion. Ce garçon paraît affamé.

Épilogue

Dako, Dent de lion, Noume et son père partent de la grande caverne au milieu du jour, chargés de provisions. Ils ont prévu de dormir dans l'ancien abri de Tarak et de ramener Yona le lendemain. Mais il neige sans discontinuer, ce qui ralentit leur marche.

— Je suis si pressée d'arriver ! confie Noume à Dent de lion. Yona doit être impatiente que tu reviennes.

— Mais elle ne sait pas où je suis ! bredouille-t-il. Je l'ai laissée dormir. Je voulais lui faire une magnifique surprise, comprends-tu ? Comme message, j'ai posé près d'elle ma parure en plumes de perdrix ! J'espère qu'elle a compris.

Noume fronce les sourcils. Inquiète, elle réplique tout bas :

— Pourquoi ne lui as-tu rien dit ?

— Yona voulait protéger son loup. Elle m'aurait interdit de venir jusqu'à la grande caverne. Elle avait peur de Murg ! Mais ce gros chasseur n'ose pas ouvrir la bouche, face à votre chamani ! Pourtant, ce n'est qu'une vieille femme capricieuse !

— Je n'en suis pas si sûre ! chuchote la jolie Noume. Les Esprits la visitent en rêve.

Les deux enfants discutent encore longtemps. Enfin, Dent de lion entraîne la petite troupe sur la pente d'éboulis qui mène à l'abri. Un triste spectacle les attend. L'abri est désert, le feu est éteint, recouvert d'une couche de neige tassée par un pied menu. La peau de renne a disparu. La parure de plumes blanches aussi.

— Oh non ! gémit Dent de lion. Yona est partie !

Impuissants, Dako, Noume et son père voient le garçon courir en tous sens, chercher en pleurant des traces fraîches dans les tapis de neige alentour.

— Rien ! Il n'y a rien ! Yona a quitté le vallon depuis longtemps ! C'est ma faute !

Dent de lion tombe à genoux et sanglote sans honte. Dako vient lui caresser la joue :

— Allons, courage ! Nous la retrouverons. Et tous les deux, vous vivrez avec moi, dans la grande caverne. Je te le promets.

Pour mieux connaître
l'univers de

YONA

tourne la page!*

* Nous remercions Nicole Rastetter pour l'iconographie.

À la chasse

La chasse est la première activité des hommes. Elle permet de se procurer de la nourriture, des peaux pour la confection de vêtements, des matières premières nécessaires à la fabrication des armes et des outils.

Quand et que chasser ?

Au temps de Yona, la chasse est une affaire d'hommes et une entreprise collective à laquelle participe une grande partie de la tribu. Selon les endroits, on chasse les rennes, les chevaux, les bisons, plus rarement le mammouth, l'auroch (sorte de bœuf), mais aussi les félins et les ours pour leur fourrure.

Des expéditions, au printemps et aux premiers jours de l'automne, sont organisées lors des migrations saisonnières des troupeaux. Le reste de l'année, le chasseur reste près du campement. Il ne dédaigne pas les rongeurs : lièvres, marmottes ou castors, et les oiseaux comme les perdrix, les oies, les canards. Il piste le gibier en repérant les empreintes et se place en embuscade près de lieux privilégiés comme le gué d'une rivière.

Avec quel armement ?

L'armement s'est amélioré et diversifié. On ne pratique plus la chasse au corps à corps. Les armes de jet sont l'épieu en bois et la sagaie munie d'une pointe en silex, en os ou en bois de renne, emmanchée sur une hampe de bois.

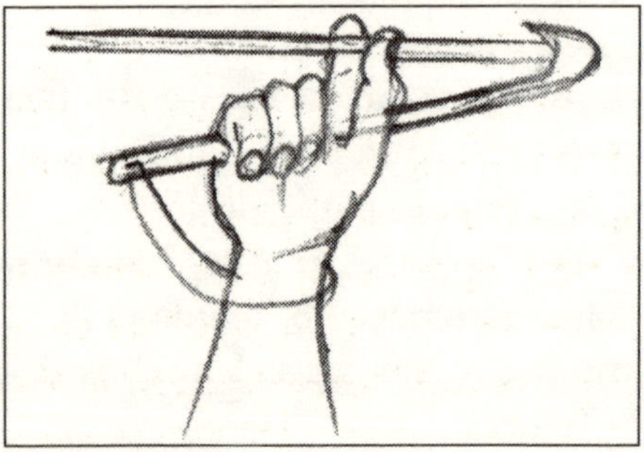

Utilisation d'un propulseur

La force et la précision du lancer sont améliorées par l'utilisation d'un propulseur à sagaie. Les petits gibiers, rongeurs, oiseaux, sont abattus en utilisant des pierres, des frondes, des harpons, même si ces derniers servent surtout pour la pêche.

Quelles techniques pour s'approcher du gibier ?

La portée des sagaies lancées avec un propulseur n'excède pas une quarantaine de mètres. Il faut donc s'approcher assez près de la proie.

Plusieurs techniques ont pu être utilisées :

– La battue est la plus simple. Affolés par les cris, les animaux sont dirigés là où les attendent les chasseurs.

– À d'autres moments, les hommes se mettent en embuscade près d'un endroit où le passage du gibier est fréquent. Bien camouflés, ils ont pris soin d'effacer leurs traces et de se mettre sous le vent pour cacher leur odeur.

– On peut appeler le gibier en utilisant un appeau, sorte de sifflet fait avec un os.

– Parfois, et certains dessins retrouvés dans les grottes en témoignent, on utilise la ruse en s'approchant, le corps dissimulé dans une peau de bête, coiffé d'une tête de renne ou de bison.

Sur le gril

Tous les mots de cette grille sont en relation avec le feu. Saurez-vous les retrouver sans vous brûler ?

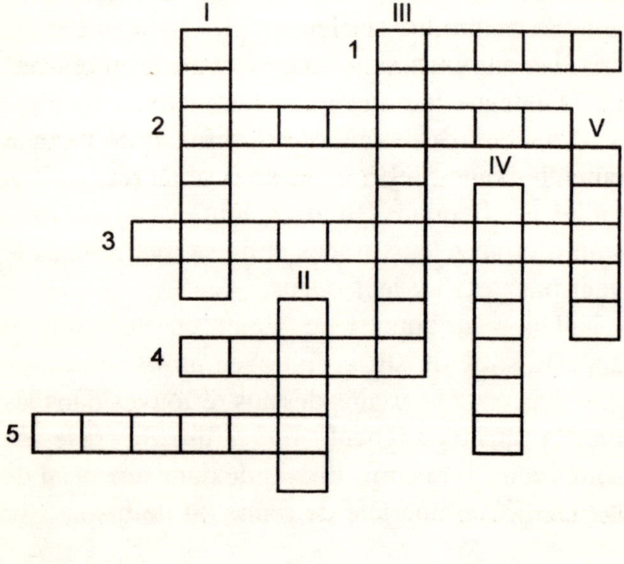

Horizontal

1. Tarak se réchauffe près de ce lieu où l'on fait du feu.
2. Met le feu.
3. Elles jaillissent quand Yona frotte entre elles deux pierres à feu.
4. Rendre la viande plus agréable à consommer grâce au feu.
5. Bois encore rougeoyant sur lequel Yona souffle pour ranimer le feu.

Vertical

I. Synonyme de grésille ou pétille.
II. Selon la façon dont Yona l'utilise, cette pierre tranche ou produit du feu.
III. Parcelle enflammée qui s'envole d'un brasier.
IV. Mettre le feu ou rendre lumineux.
V. Morceau de bois à demi brûlé que Yona a ramassé pour s'éclairer dans les ténèbres.

Solution p. 116.

La douceur du foyer

L'homme est le seul être vivant qui ne craint pas le feu et sait l'utiliser pour son usage personnel. Il est impossible de savoir quand et comment il a commencé à s'en emparer : incendies de forêts allumés par la foudre, volcans...

Au début, la tâche essentielle était l'entretien des braises. C'est l'*Homo erectus* qui, le premier, le maîtrise il y a environ 400 000 ans. Il a fallu du temps et de la patience pour savoir l'allumer et l'apprivoiser.

Comment allumer le feu et fabriquer un foyer ?

Au temps de Cro-Magnon, le feu est un élément de confort au quotidien. On l'allume en percutant deux pierres : l'une en silex, l'autre contenant du fer (pyrite, marcassite). Les étincelles obtenues tombent sur des matières inflammables rapidement, comme des mousses, des herbes sèches, de l'amadou (matière tirée d'un champignon qui pousse sur certains arbres).

Il faut ensuite préparer le foyer, généralement placé au centre de la cabane. Plusieurs techniques sont utilisées : à même le sol plat, sur de petites dalles de pierre, en cuvette dans la terre ou dans un creux de rocher. Un petit muret de pierres, un talus peu élevé le protègent du vent. Le bois, l'os parfois, servent de combustible.

•

Chauffer et s'éclairer

Avec le feu, on peut réchauffer l'abri et l'éclairer. Cela permet de séjourner dans des régions froides.

Si le foyer est une source importante de lumière, les hommes utilisent aussi des torches de résineux et des lampes dont on a retrouvé des exemplaires. De forme ronde ou ovale, la petite pierre de calcaire ou de grès est creusée en son centre. C'est là qu'une mèche, formée avec de la mousse ou des brindilles, trempe dans de la résine ou une graisse animale. Allumée, elle donne la clarté d'une bougie.

Des utilisations variées

Le feu protège des attaques des bêtes féroces car celles-ci en ont peur.

Il améliore la fabrication des outils en bois : la flamme durcit les pointes des épieux.

La cuisson des viandes et des végétaux (par rôtissage, grillade, cuisson à l'étouffée) permet de les rendre plus savoureux et plus digestes. La conservation des aliments, indispensable pour se nourrir pendant l'hiver, est facilitée par le fumage des viandes et des poissons.

Feu et douceur du foyer

Enfin, c'est autour du feu que l'on se rassemble, que l'on discute. Devant un auditoire attentif, les chasseurs racontent leurs exploits, évoquent les anciens.

C'est peut-être là que sont nés et se sont transmis bien des mythes.

Cuisine préhistorique

Envoyez votre chasseur préféré tuer un animal, un renne de préférence.

Sur l'aire de dépeçage, découpez la bête avec habileté.

Pour la cuisson, vous avez le choix entre la grillade, le rôtissage ou le bouillon. Si vous choisissez la grillade, placez les morceaux sur la braise ou sur les pierres plates et bien chaudes du foyer. Avec une broche, vous aurez un beau rôti. Vous préférez le pot-au-feu ? Faites bouillir de l'eau en plongeant dans un récipient, fait en écorce ou en peau, des galets rougis par le feu. Ajoutez un bel os à la moelle savoureuse pour obtenir un bouillon gras dans lequel cuira la viande. Remuez avec un ustensile en bois ou en corne.

Si votre appétit est grand, ajoutez des poissons, pêchés dans la rivière, comme le saumon, la truite, le brochet.

N'oubliez pas les légumes que vous aurez ramassés avec vos enfants : carottes sauvages, pissenlits, chicorée, glands, châtaignes, noix, noisettes.

En dessert, proposez, selon la saison, fraises des bois, cassis, groseilles ou mûres.

Vous pouvez vous lécher les doigts.

Comme vous êtes une bonne maîtresse ou un bon maître de maison, vous pensez à faire des réserves pour l'hiver. La viande et le poisson se conservent après séchage au soleil ou fumage au-dessus d'un feu de bois vert.

Bon appétit !

Solution du jeu « Sur le gril »

Horizontal

1. Foyer. 2. Enflamme. 3. Étincelles. 4. Cuire. 5. Braise.

Vertical

I. Crépite. II. Silex. III. Flammèche. IV. Allumer.

Tu as aimé

Dent de lion

Alors retrouve vite Yona et frère loup
avec cet extrait du tome 3
La grotte des chamans
(à paraître en décembre 2005)

1

Seule

Yona marche depuis l'aube. Le vent glacé cingle son visage, gelant les larmes qui ruissellent sur ses joues. Juste armée d'un épieu grossièrement taillé, et de son sac de guérisseuse passé à l'épaule droite, elle avance au sein d'un immense paysage balayé par des rafales de neige.

— Courage ! dit-elle d'une voix amicale au loup qui marche à son côté. Nous trouverons bientôt un abri pour la nuit...

L'animal est de grande taille, ses yeux sont dorés. Son épais pelage gris est constellé de flocons. Yona le caresse souvent, comme pour s'assurer de sa présence. Alors qu'ils franchissent un monticule semé de genévriers, des hurlements s'élèvent, puissants et rageurs. C'est un véritable concert qui retentit dans le vallon, perçant l'épaisseur ouatée des rideaux de neige.

« Des loups ! songe Yona. Où sont-ils ? Je ne les vois pas. »

Le fauve s'immobilise net, poils hérissés, gueule ouverte sur des crocs puissants. La fillette se penche, met un genou au sol et scrute les environs. Mais elle ne devine aucune forme sombre, aucun mouvement.

— Toi, tu les sens, tes frères loups ! Tu sais où ils se cachent ! Est-ce qu'ils vont nous attaquer ? Ou bien ils partent chasser... et, dans ce cas, je ne risque rien !

Yona refuse de céder à la peur. Depuis qu'elle a fui son clan, que son ami Dent de lion l'a quittée sans explications, elle n'a qu'un choix : être forte. La disparition du garçon aux yeux verts l'a beaucoup affectée. Pour se souvenir de lui, elle porte dans ses cheveux la parure de plumes blanches qu'il lui a laissée.

— Si je faiblis, je suis perdue ! soupire-t-elle. Je ne sais pas traquer le gros gibier ni me battre. Mais je veux vivre. Alors je ne dois plus avoir peur, plus jamais.

Yona continue à guetter le moindre mouvement insolite. Le fauve reste immobile, grognant sourdement. Soudain, le vent disperse un épais voile de brume et une dizaine de loups énormes surgissent.

[...]

Cet ouvrage a été composé par
PCA - 44400 REZÉ

Impression réalisée sur Presse Offset par

BRODARD & TAUPIN
GROUPE CPI

La Flèche (Sarthe), le 17-08-2005
N° d'impression : 30987

Dépôt légal : septembre 2005

Imprimé en France

POCKET jeunesse
12, avenue d'Italie • 75627 PARIS Cedex 13
Tél. : 01.44.16.05.00